잠든 정원으로부터

잠든 정원으로부터

오은주
소설집

개미

소설가 이야기

펜들이 떨어졌다. 내가 사용하는 모든 가방에서 펜들이 나오고 그 펜들은 가방을 뒤집을 때마다 어디선가 튀어나왔다. 메모지나 작은 노트들과 함께 펜을 가방마다 챙겨 넣는 게 오랜 습관이다. 그런 메모지엔 가끔 상징적인 몇 개의 단어나 의미심장하거나 잊어버리고 싶지 않은 몇 줄의 문장들이 적혀 있기도 했고, 애초에 목적했던 단상 적어놓기나 스쳐 지나가는 문장 잡기 등에 쓰이지 못한 채 구겨지거나 텅 빈 채로 쓰레기로 버려지기도 했다.

부산한 일상의 삶 속에서 대개는 단 한 줄의 문장이나

단어도 쓰여지지 못한 채, 초라하게 비어 있는 그 종이들을 미안한 마음으로 혹은 잊혀진 보물처럼 펼쳐 보곤 했다. 그러나 때로 그 종이나 작은 메모장에는 삶의 신박한 편린들이 채용을 기다리며 쓰여 있기도 해서 그 이미지를 좇으며 겁없이 소설의 첫문장을 쓰기도 했다.

써야 한다는 생각과 쓰고 싶다는 욕망은 모두 무형이었으나 세상의 모든 중요한 것들이 눈에 보이지 않는 것처럼 눈에 보이지도 않으면서 나를 옥죄고 다른 많은 것들과의 이별을 강요했다. 사랑으로 또는 의무로 치러야 할 다른 사람과의 시간 나누기에서 나는 늘 시간이 부족했고 그만큼 미진했지만 나에겐 핑계처럼, 도피처처럼, 게으른 글쓰기가 똬리를 틀고 있었다.
그 지성의 깊이와 높이는 알 수 없으되 내가 도달할 수 있는 한껏에서 "경계 없는 지성인"을 삶의 행동지침으로 삼으며 주변 사람들과 더불어 살아오고 있지만 녹록치 않은 그 경지는 실천하기도 이룩하기도 난감하기만 하다.
타인과의 경계를 없애고자 노력하면서 얻은 많은 경험과 관찰이 소설 쓰기에 주제와 소재로 변주되어 나타났다. 그러나 소설을 쓴다고 상처가 있는 사람들에게 어줍잖은 해석을 해대고 재단해서, 좁은 결론을 내리지 않고 열린 전망을 찾기는 쉽지 않았다.

삶은 멀리서 볼 때면 여전히 불가해한 덩어리라서 미세한 셈법으로 조금씩 조형해 나갈 수밖에 없었다. 삶의 실체에 접근하려는 이 미세한 조형방식에서 나의 소설은 시작되었다.
이번 작품집은 기존문법을 따른 단편소설과 소설의 새로운 작법인 스마트소설의 두 파트로 나누어서 엮었다. 발상과 문법, 구성이 다른 인터넷상의 수많은 소설 작품들과는 우열을 가리기보다는 다른 얼굴을 한 동시대인이라고 말하고 싶다.
스마트소설이란 새로운 시각과 길이의 소설을 제시하고, 그것을 정착시키기 위해 애쓰는《문학나무》주간 황충상 소설가에게 고마움을 전한다. 나를 만날 때마다 은근히 작품 쓰기를 채근하는 덕분에 스마트소설 여러 편이 쓰여졌다.

오랜 시간, 소설 쓰기라는 지난한 작업을 하는 서로를 연민하는 마음을 바탕으로 만남을 계속하고 있는 〈이목회〉 동인들과, 〈소요유〉 동인들에게 그동안 같이 보낸 두터운 시간 그 자체가 진한 문학수업이었음을 고백한다.
우리들은 이미 같은 방향으로 가는 열차를 탔고, 그 열차 안에서 탄식의 시간을 보내기도 했지만 어쨌든 어떤 역에서건 각자 다른 시간에라도 도달하고 그곳에서 내려야 하리라. 동인들 모두의 어깨를 토닥여 주고 싶다.

오랜 인연으로 이번 소설집의 출간을 흔쾌히 맡아준 개미출판사와, 불비한 작품을 읽고 해설을 써주신 평론가 박덕규 선생님의 작업 덕분에 작품들이 의미를 획득하고 전망을 제시 받을 수 있기에 깊이 감사 드린다.

2019년 5월
오은주

차례

버지니아 울프의 돌들

스마트소설

잠든 정원으로부터

단편소설

거울 그림자

"이번 출장 날짜 잡혔어. 2주일 후 금요일 저녁 출발이야. 출장지는 홍콩이고. 이번에도 잘 부탁해."

유경은 늘 이렇게 느닷없이 전화를 걸어왔고, 마치 진짜 출장 스케줄을 비서에게 부탁하듯 온통 사무적인 내용뿐이었다. 부드러우면서도 고압적이다가 끝에는 마지못해 억지스런 상냥함을 덧붙이고……

나는 컴퓨터 옆에 놓인 탁상용 달력을 쳐다보았다. 2주일 후 금요일이면 4월 15일이고 4월 17일까지 2박3일 동안 홍콩에 머물겠다는 계획이었다. 나의 회사 업무 일정이나 생활은 유경의 말 한마디에 무력하게 사라져갔다. 그러나 거품처럼 커지던 반발은 순식간에 끝이 나고, 나도 사무실에서 홍콩 출장으로 처리하고 몸을 빼기 위해 준비할 일들만 잔뜩 떠올랐다. 하긴 그러지 않아도 된다. 4월 15일에 같이 홍콩으로 출장을 가도록 유경이 내일쯤이면 완벽한 계획서로 내가 일하는 지원업무팀에 요청을 할 것이다. 지원업무팀의 사람들은 높은 자리에 있는 친구 덕분에 홍콩에 들락거리는 내가 부러운 눈치였다.

지원업무팀, 사실 화장품 회사에서 지원업무팀이란 게 회사 내의 무수리 역할 부서였다. 본사 소속이긴 하지만 하는 일이 딱히 정해지지 않았고, 각 부서에서 온갖 허드렛일이 줄줄이 내려왔다. 하는 일은 비정규직인데 서류상으로만 허울 좋은 정규직이었다. 내 귀에는 벌써 공항 로비와 호텔 로비를 울리는 유경의 하이힐 소리가 들려왔다. 그 옆에서 아주 편안한 구두를 신고 여유 있게 웃는 최 부장의 얼굴도 여러 번 보아서 익숙해진 그림처럼 곁들여졌다.

나는 유경이 공짜로 빌려준 강남의 작은 오피스텔에서 2년째 산다. 어둠이나 곰팡이 따위는 얼씬도 하지 못하는 쾌적한 25층 오피스텔의 20층에 그 집이 있다. 그 20층 집에 들어갈 때마다 유경은 참 빨리 높이도 올라갔다고 인정하지 않을 수 없었다. 출발은 나와 같았는데 어느 순간 유경이 앞서 튀어나가고 높이 올라가 버렸다.

2년 전에 유경은 결혼하면서 나에게 한 가지 제안을 했다. 최 부장과의 관계는 그 기한을 정해놓지는 않았지만 계속될 것이며, 1년에 두 번 정도 그와 함께 해외출장을 갈 때 나와 동행하자는 제안이었다. 유경의 밀회에 직장동료요 고등학교 동창으로 동행하면서 그녀의 알리바이를 성립시켜주는 역할이었다. 나는 그 유혹적인 제의를 물리칠 힘이 없었다. 서울에서 내가 돈 버는 시늉이라도 하면서 살아가려면 어떤 방이든 방이 필요했다. 높은 곳에 있는 유경의 방은 그렇게 비열한 거래로 지금까지 나의 차지가 되었다.

유경은 그 방을 나가면서 현관 신발장 속에 오래된 가죽구두 한 켤레를 버리고 갔고, 원두커피 내리는 기계는 입주 선물이라며 주었다. 유경이 버리고 간 검정색 구두는 굽이 12센티미터였다. 그렇게 높은 굽을 가진 구두는 나처럼 키가 작은 여자가 신어서 작은 키를 감춰주는 역할을 해야 맞는데 왠지 그런 구두들은 유경처럼 키가 크고 늘씬한 여자들이 신어야 오히려 제모양이 났다. 나는 12센티미터 굽을 가진 하이힐을 신고는 제대로 걷지도 못했다.

가족들도 나와 마찬가지였다. 아무리 고향 친구고 고등학교 동창인 친구지만 월세 50만 원이 넘는 방을 유경이 공짜로 빌려준다고 하면 무슨 조건인지 그 이유를 물어야 하는데 남편이나 어머니 둘 다 묻지 않았다. 그저 내가 서울에 살면서 회사라는 곳에 다니며 월급을 받고 조금이라도 돈을 모을 수 있으면 된다는 식이었다. 돈을 쓸어 부어야 할 거대한 홀이 아가리를 벌리고 있는 상황이라 모두들 그 외에는 눈을 감아 버렸다.

서울 근교 신도시에 24평 아파트를 덜컥 분양받은 게 화근이었다. 아파트의 모델하우스를 둘러보면서 나는 그 아파트가 정확히 어디에 위치하는지 총분양가가 얼만지조차 잊어버릴 만큼 도취해버렸다. 내 머릿속은 온통 고층 아파트, 마블 욕조, 저 흰색의 매끄러운 싱크대, 그것만 보였다. 나는 11층 아파트의 거실에 가득 쏟아진 햇살 속에서 가느다랗게 눈을 떴다가 이상하게 눈물을 흘렸다.

안방으로 들어가 붙박이장을 열어젖혔다. 붙박이장 속 그 어디에도 곰팡이라곤 없었고 폭이 1미터가 넘는 발코니는 햇살로 빨래를 말릴 공간으로 충분했다. 밖에서 올려다보면 15층짜리 아파트 한 동이 마치 통째로 내 것 같았다. 미분양이던 그 아파트는 계약금 천만 원만 있으면 계약이 가능했다. 둥둥거리는 가슴을 안고 적금을 깨서 천만 원을 치렀다. 곧 닥칠 중도금부터의 자금 마련 따위는 안중에도 없었다. 그러나 계약서를 들고 모델하우스를 다시 한 번 둘러보던 흥분이 채 가시기도 전에 중도금 납부라는 압박이 우리를 옥죄었다.

그 24평 아파트의 분양금을 다 모을 때까지 나와 남편은 헤어져 돈을 벌기로 했다. 그러면서 그 시간이 얼마나 걸리는지 생각해보지 않았다. 그저 분양금을 다 모을 때까지라는 기한을 정해

놓았을 뿐이다. 지방의 공사 현장보다 좀 더 보수가 높고 서울이 여자에겐 더 기회가 많다는 이유를 들어서, 신혼이라면 신혼이랄 수도 있는 결혼 3년차의 우리는 쉽게 떨어져 살자는 결정을 내렸다.

늘 그렇듯 가난은 행복을 유예시키고, 그 행복을 위해 끝날 것 같지 않은 영원한 인내를 강요했다.

나는 아주 가끔 자신이 아기 엄마라는 생각을 했다. 아기는 서울 위성도시의 방 2칸짜리 허름한 연립주택에서 외할머니 손에 크고 있었다. 나는 전화로 "애는 잘 놀아요?" 라고 늘 같은 말을 했다. 간단히 물어야 간단한 답이 나올 것 같았다. 그 순간 아기는 내 머릿속에서도 참 멀리 있었다. 어머니의 대답 또한 늘 같았다.

"애는 걱정 말고 돈이나 열심히 벌어라. 중도금 마련은 되가는 거냐?"

다른 어머니들처럼 딸이 편안하게 사는 걸 바라기나 하는 건지 의심스러웠다. 나는 자주 먹먹해지고 내가 아기 엄마라는 실감에서 멀어져갔다. 지금이야 7개월밖에 안되었지만 돌이 지나면 아기를 서울에서 자라게 하고 싶었다. 내가 그토록 빠져나오고 싶었던 위성도시 안산의 초라한 저 끝자락에서 아이를 자라게 한다는 건 한 번 떨친 오물 덩어리를 다시 뒤집어쓰는 것처럼 싫었다.

남편과 나는 그 집에서 한 달에 한 번 정도 만나 아기와 함께 자고 먹으며 식구임을 확인했다. 3년 전에 남편이 전기설비 기술자로 일하는 공사현장 가까운 데 방을 얻어 신접살림을 했는데 즐겁기보다는 막막한 현실이 버겁게 다가오는 걸 금방 알아버렸다. 공사현장의 부유하는 먼지는 작은 방 구석까지 날아와 목구멍을 막았다. 번듯한 삶의 길은 늘 그렇게 막혀 있었다.

나는 서울로 온 뒤 남편이 공사현장에서 동료와 같이 사는 독신자 숙소를 따라가 보았다. 3층짜리 그 연립주택은 내가 살던 그 반지하 연립을 떠올리게 해서 일단 발을 들여놓기가 싫었다. 같이 방을 쓰는 동료는 오늘밤 다른 방에서 지낸다며 나가 주었다. 남편은 땀내 풍기는 옷가지가 널부러진 방을 치우며 내 눈치를 살폈다. 그러나 나는 그 좁고 냄새 나는 방에서 잠시도 머물고 싶지 않았다. 그런 방에서 내 몸이 열리지가 않을 것 같아 가까운 모텔로 갔다. 하룻밤 숙박료가 현금 5만 원인 그 모텔방은 2층인데도 창문이 온통 막혀 있어 지하방을 떠올리게 했다. 나는 또다시 숨이 막혔다. 분양받은 그 집에 들어가서 살고 싶다, 높은 곳에 있는 우리집…… 나는 옷을 벗으며 중얼거렸고, 남편은 손길을 잠시 멈칫 했지만 과장이나 거짓으로라도 해줄 수 있는 긍정의 말 한마디를 하지 못했다.

고등학교를 졸업한 유경은 무조건 서울로 올라갔고, 몇 달 뒤 작은 건설회사에 취직했다고 알려왔다. 유경은 처음 취직한 그

건설회사에서 최 부장을 만났다. 최 부장은 지금은 독립해 나와 알짜배기로 소문난 엔지니어링 회사의 사장이 되었다. 유경은 그 최 부장의 도움으로 4년제 대학에 다시 들어가고 어엿한 졸업생이 되어 지금의 화장품 회사에 취직할 스펙을 만들었다.

최 부장과 유경이 비밀스런 연인관계로 만나기 시작한 건 유경이 불과 21살 때였다. 지금 50대인 최 부장이 40대 중반인 시절이었다. 나는 21살의 여자가 40대 남자에게 주는 것과 바라는 것이 무엇이지, 40대 남자가 21살 여자에게 바라고 주는 것이 무엇이지 똑똑히 알아 버렸다. 이상하게 유경은 처음부터 나에게 최 부장과의 관계를 자세히 말했다.

"나, 최 부장이 대학 보내준대. 너한테만 말하는 거야."

나는 내가 대학에 가게 된 것처럼 가슴이 설레었다. 머릿속에 열기가 꽉 차오를 정도로 부러우면서도 짐짓 아닌 척했다.

"난 동조자가 되고 싶진 않아. 너 그거 잘하는 거야? 그 사람 결혼했잖아."

"잘하고 못하고가 없어. 다른 길은 없어. 난 다시 그 곰팡이 피는 지하실 방으로는 안 가."

"높고 환한 방만 차지할 수 있다면 무슨 일이든 하겠다는 거야?"

유경은 살큼 웃으며 말했다.

"넌 그런 기회가 오면 물리칠 거야? 그런 용기가 진짜 있어?"

그렇다. 나에겐 그런 종류의 기회는 오지 않겠지.

"내 말을 들었다는 사실 자체가 공범이 되는 거야. 넌 그냥 들어만 둬. 내가 너의 윤리교육을 받을 일 따윈 없을 테니까."

유경은 대학생이고 나는 동대문 시장 옷가게의 종업원으로 4년을 보냈다. 최 부장이 얻어준 오피스텔에서 대학을 다니던 유경은 마치 지방에서 유학을 온 부잣집 딸 같았다. 졸업 후 유경은 막 사업이 본격화되기 시작한 중가대 화장품 회사에 취직했고, 난 여전히 허접스런 무언가를 파는 종업원 처지였다.

내가 홍콩 출장을 가기 전, 남편과 나는 또다시 회사 숙소 근처의 숙박료 5만 원짜리 모텔을 찾아들었고 이번엔 내 몸이 너무 부드럽고 뜨거웠다. 유경이 최 부장과 함께 홍콩으로 떠나는 날이 이틀 후라 그런지 남편의 등 뒤로 그들이 홍콩의 호텔 침대에서 벌일 모습이 선명하게 떠올랐고, 얼핏 거울에 비친 내 얼굴에서 유경의 표정이 보였다.

인천공항에서 만난 최 부장은 유경의 곁에 있는 나를 한번 쳐다보고 인사인양 고개를 까딱하고 난 뒤부터 줄곧 그림자 취급이었다.

50대 초반인 최 부장은 유경과 홍콩 여행을 할 때면 부인을 아이들이 공부하고 있는 미국으로 보냈다. 아니 부인이 아이들을 보러 미국에 가는 때가 두 사람이 홍콩 출장을 가는 날일 터였다. 공항 로비에 선 최 부장은 50대 남자의 부드러움과 여유와 더불어 아직은 남은 남자로서의 포스를 적절히 갖추고 있다. 카키색의 바지와 검정색 면재킷을 입은 날렵한 모습이 요즘 말하는 미중년 남자의 모습이었다. 모든 것이 조화로워 보이는 저 남자에게 유경은 어떤 존재일까? 무엇이 모자라서 밀회를 해야 할까?

불행해지는 두 가지 방법이 있다고 누군가 말했다. 하나는 원하는 것을 갖지 못해서 불행해지는 경우이고, 또 하나는 원하는 것을 모두 갖게 되면서 불행해지는 경우라고…… 뭐가 모자랄까라고 생각하는 게 뒤처진 사고라고 유경은 말했다. 원하는 것을 한 번도 가져보지 못한 나는 자꾸 원하는 것을 모두 갖게 된 자들에게 닥친다는 불행을 그 두 사람에게 덮씌워 보곤 했다.

유경은 진짜 출장가는 비즈니스 우먼처럼 검은색 투피스 정장에 흰색 블라우스를 입었다. 스커트 밑으로 곧고도 탄력 있는 매끈한 다리가 드러났다. 그 다리 정도라면 상승의 계단을 밟을 자격이 있을 것도 같았다. 공항, 이처럼 넓고 환한 공간에 나는 익숙하지 못했다. 지금의 내 역할은 몇 번 해본 일이지만 낯설고 어색했다.

“너 이제 혼자 출장 다녀도 되는 직급 아니니? 네 남편은 여전히 바쁠 테고……”

이런 내 말에 유경은 아직은 멀었다는 표정이었다.

두 남녀는 우연히 같은 비행기를 탔을 뿐 서로 모르는 사람들이고, 홍콩 호텔의 엘리베이터 안에서부터 비로소 정식으로 만난다. 그 이전에는 내가 유경의 출장 동반자고 최 부장은 단지 같은 비행기를 타는 승객일 뿐이다. 최 부장은 유경이 바라보이는 반대편 창가 쪽에 자리했다. 나는 중간 좌석이라 4시간의 비행시간 동안 그 두 사람의 사이에 끼인 꼴이다. 최 부장은 신문을 보았고, 유경은 기내용 잡지를 들추고, 나는 스튜어디스가 나누어준 땅콩을 먹기 시작했다.

나는 맨처음 유경의 남편을 만났던 장면을 또렷이 기억했다. 유경은 그녀의 결혼식 3개월 전에 나를 그녀가 다니는 화장품 회사의 지원업무팀에 취직을 시켰고, 결혼식 준비가 끝난 후 나를 고향 친구로 같은 회사에 근무하는 친구라며 소개하는 자리였다. 유경의 남편이 까페의 입구에서 우리가 앉아 있는 쪽으로 걸어들어 오는데, 나는 아 저 남자는 여자의 앙큼한 속내나 뒷모습을 모르는 남자구나라는 느낌을 받았다. 자기가 하는 일 이외에는 도무지 둔감한 유형의 남자였다. 자본주의의 첨병인 대형 증권회사에 근무하긴 하지만 세련되거나 뺀질거리는 타입이 아니었다. 앞으로 현란한 이중생활을 펼칠 유경의 남편감으로는 제격이었다. 증권회사에서 맡은 일 때문에 돈과 시간과 접대술과 싸우면서 미친듯이 바쁘게 사는 남자로 보였다. 너무 바빠 아내가 하는 일에도 관심이나 간섭을 할 수가 없을 것 같았다.

실제 그의 입에서 "결혼을 하긴 하지만 유경 씨하고 같이 시간을 보낼 수나 있을지 걱정입니다. 외국 선물 거래를 하고 있어서 밤낮 구분이 없이 컴퓨터하고 전화를 붙들고 살아야 하거든요. 친구분이 유경 씨 외롭지 않게 같이 잘 지내주십시오." 하는 말이 흘러 나왔다.

나는 아! 유경이 남자보는 눈이 있구나 하는 부러움에 빠졌다. 인생의 안전판으로서 확실한 남편감을 얻은 것이다. 그는 어렸을 때 이민을 가서 부모형제가 모두 미국에 살고, 교포이자 외국인 신분으로 우리나라 증권회사에서 일하는 터였다.

유경은 확실히 인생기술자였다. 인생사용설명서라도 갖고 있는 것만 같았다. 그렇지 않고서야 어떻게 그렇게 한결같이 계단의 위로만 올라갈 수 있겠는가. 여전히 계단 아래에 서 있는 나와 유경은 서 있는 높이가 점점 달라져 갔다. 유경은 땅을 딛고 일어설 단단한 하이힐을 신었고 나는 아직 맨발과 다름없었다.

유경은 다 거짓도 아니고 다 진실도 아닌 두 줄짜리 곡예를 하고 있었다. 나는 왠지 그날 내가 그 줄의 한쪽 끝을 잡고 있다는 생각이 들었다. 나는 그 자리에서 유경이 남편의 명함을 받았다. 앞으로 쓸 일이 있을 듯해서 지갑 속에 넣어두었다가 휴대폰에 그의 이름을 저장했다.

비행기 안에서 유경은 화장실에 가면서 최 부장 쪽을 한번 흘낏 쳐다볼 뿐 여전히 아는 척을 하지 않았다. 아직은 사람들의 시선에서 자유로운 공간이 아니기 때문이었다. 평소 서울에서 두 사람은 저녁 6시 이후에는 전화를 주고받지도 않았다. 두 사람의 그 빈틈없는 합의와 동조, 실천에 감탄할 정도였다. 홍콩에 도착해서 공항버스를 타고 호텔에 도착해 엘리베이터 앞에서 나와 그 두 사람이 헤어지는 게 이 밀회의 절차였다. 홍콩 도심 중의 도심 침사추이역 부근은 관광객으로 늘 북적대고 열기와 활기와 번잡함이 어우러져 있다. 그 누구건 익명의 개인으로 숨기에 참으로 적절한 도시였다. 두 사람은 늘 그 침사추이역 근처의 비즈니스 호텔에 묵었다.

호텔에 도착하자 나는 로비의 소파에 잠시 앉아 그들이 먼저 엘리베이터 안으로 사라지길 기다렸다. 로비에는 항상 은발도 몇 올 남지 않은 백인 남자들과 기름진 흑발을 늘어뜨린 젊은 홍콩 여자들로 넘쳐났다. 벌써 흥분 상태인 남자에게 여자들은 전희처럼 끈적한 포옹과 키스를 퍼붓는다. 두 사람이 엘리베이터 안으로 들어가자 나는 마치 자신이 이 여행의 인솔자로 와서 오늘 하루의 임무를 무사히 마친 기분이 들었다.

다음날, 나는 호텔 내의 아침 뷔페에서 악착같이 먹기 시작했지만 그들은 언제나처럼 아침밥을 먹으러 내려오지 않았다. 아기는 지금 할머니 손에서 분유를 먹고, 남편은 아침부터 함바집에서 해장국을 먹고 있겠지 하며, 나는 내가 먹는 이 풍요로운 식사가 온 식구를 대표해서 먹는다는 기분에 두 배 세 배를 먹어

치웠다.

밥을 같이 먹지 않는 남편과 아기, 그리고 내가 과연 한 식구인가? 가족인가? 우린 언제부터 모여서 아침밥을 같이 먹는 식구가 될 수 있을까? 잠시 혼란에 빠졌다. 외로움을 대신한 식욕이라 멈출 수가 없었다. 아침부터 딤섬과 돼지고기 동파육을 채 깨어나지도 않은 위장 속으로 집어넣었다. 요즘 나는 무언가를 먹을 때 배가 불러도 멈출 수가 없을 것 같은 두려움이 컸다. 배가 두리뭉실하게 나오고 허벅다리는 터질 듯해서 걸을 때면 두 다리의 살이 서로 부딪쳐 쓰라렸다.

회사의 건강검진 때 앳된 남자 레지던트는 나에게 신경성 폭식증이거나 강박성 과식 증상이라고 진단을 내렸다. "어떻게 해야 멈추죠?"하고 그에게 의례적으로 묻기는 했지만 나는 멈출 수가 없음을 스스로 알고 있었다. 저 높고 환한 곳에 내 방과 내 집이 생기기 전에는 이 동굴에서 빠져나가지 못할 것임을 알고 있듯이 말이다.

분명히 마마보이로 엄마 말을 잘 듣고 공부만 열심히 해서 의대에 들어간 저 애송이한테 내가 무슨 인생 상담이냐. 무언가 다 조절이 되면 나의 이 과도한 식욕과 체중도 저절로 조절이 될 테니 걱정 마라. 나는 식이조절을 권하는 앳된 레지던트의 얼굴을 향해 스스로 답을 던졌다.

사람들은 혼자 식탁에 앉아 혼자 홀을 돌며 접시를 그득 채운 채 세 접시째 아침밥을 게걸스럽게 먹어대는 키가 작은 동양 여자에게 눈길조차 주지 않았다. 홍콩은 그런 곳이다. 타인을 서로 구경하기는 하되 의미가 섞인 시선을 주지는 않는 곳이다. 그래서 사람들은 자유로움을 느끼고 싶어 홍콩을 찾아들고, 이 도시는 그 열망을 충분히 채워준다.

하루 분의 커피와 과일을 몽땅 챙겨먹은 나는 평온한 관광객이나 된 듯 걸어서 호텔에서 가까운 공원으로 나갔다. 홍콩 출장의 보고서 따위는 유경이 알아서 잘 처리할 터였다. 세계의 화장품과 온갖 명품이 격돌하는 이 홍콩에 유경과 내가 일하는 화장품 회사의 매장이 몇 개 있다. 새로 생긴 화장품이지만 고가 일색인 명품과 저가가 위주인 중국 화장품 사이에서 우리 화장품은 합리적인 가격으로 고객층을 넓히는 중이었다. 우리 회사의 매장과 유명한 다른 화장품의 매장을 세계적 격전지인 이 홍콩에서 직접 비교해보고, 중국 본토 진출에 필요한 매장 인테리어의 컨셉을 잡는 게 출장의 이유였다.

지난 2년간 유경은 업무적인 면에서도 계단을 고속으로 올라갔다. 하이힐을 신고도 넘어지는 법도 없이. 뒤늦게 수도원 후발대학의 경영학과를 졸업한 그녀가 어떻게 매장의 인테리어 컨셉을 결정하는지 모를 일이었다. 회사 내에서는 유경이 처음 입사해서 대형할인점 내 1호 매장에서부터 닦은 실무경험과 열성 덕분이라고들 했다. 홍콩은 화장품에 대한 수입관세가 없고 드라마 한류 덕분에 우리나라 화장품에 대한 인지도가 높아지고 있어 판매가 호조를 보였다. 홍콩 진출에 성공하면 중국 시장 진출이 용이하기 때문에 회사에서도 비중이 큰 기획이었다.

그러나 나에겐 아무 할 일이 없는 이틀간이었다. 어쩌면 형식적으로 내일 낮에는 같이 매장에 잠깐 가게 될지도 모르긴 했다. 누구의 덕분이건 알리바이를 위해 동원된 우정이건 간에 이런 시간이 온통 나쁘지만은 않았다. 공원 곳곳에서 노인들이 무리를 지어 기체조를 하는 모습이 활기차게 보였다. 뚱뚱하고 나이가 든 백인 남자가 딸 정도의 나이밖에 되지 않은 젊은 중국 아가씨와 팔짱을 끼고 혈색이 불콰해져서 산책을 하고 있었다. 그 모습을 보는데 울컥 하고 아침에 먹은 동파육 조각이 다시 넘어왔다. 그 기름진 걸 제대로 씹지도 않고 삼킨 탓이겠지 하며 손으로 식도를 문질렀다.

유경과 내가 고등학교를 졸업하고 처음 서울에 같이 와서 시내 거리를 걷던 날이었다. 3월이라지만 이른 봄의 날씨는 낡은 모직 코트 속을 파고들었다. 유경은 그때도 어설픈 싸구려 하이힐을 신고 걷다가 높은 빌딩 앞에서 보도블럭에 걸려 넘어졌다. 넘어진 유경은 그 빌딩을 올려다보았다. 그 빌딩은 유리로 된 창을 무척 강조해서 번쩍이며 모든 것을 반사시켜 버렸다. 유경은 찌푸린 얼굴로 나에게 말했다.

"난 저런 빌딩을 볼 때마다 돌멩이를 던져서 저 유리창을 확

깨버리고 싶다는 충동을 느껴. 넌 어때?"

나는 그런 빌딩을 쳐다볼 때 저 속에서 일하는 사람들은 누굴까? 저 빌딩의 주인은 누굴까? 그런 정도까지 생각을 해보았을 뿐이다.

나는 이제 유경이 구축하고 있는 저 거짓의 빌딩을 향해 돌을 던져 산산히 파편으로 흘러내리는 모습을 그려보았다. 기름진 동파육 조각은 또다시 입안으로 스멀스멀 올라왔다.

밤에 나는 혼자서 침사추이역 부근에서 제일 유명한 카페 거리인 '너츠포드 테라스'로 갔다. 유경의 출장 동반자가 되어 홍콩을 들락거린 지 2년이 되었지만 그곳에는 한 번도 가보지 않았다. 너츠포드 테라스는 물가가 비싸기로 유명했기 때문에 나는 늘 호텔 근처의 가게나 쇼핑몰을 둘러보며 시간을 보내다가 음식의 가짓수만 많은 싸구려 푸드코트에서 밥을 사먹었다. 화려한 홍콩의 진면목을 나는 모른다. 진면목은 돈이 있는 자에게만 웃는 얼굴로 길을 안내하고 얼굴을 보여준다. 좁고 더러운 거리와 저 붉은 간판과 싸구려 시장통도 분명 홍콩의 진면목이지만, 홍콩은 정녕 가난이 죄악에 가까운 도시다.

그래서 휘황한 저 거리와 나 사이에 차갑고 두꺼운 유리창이 가로막혀 있고, 아무리 애를 써도 창밖으로 나갈 수 없을 것 같은 아득한 기분에 빠졌다. 나는 그 유리창을 깨기라도 할 듯 처음으로 카페에 자리를 차지하고 앉아 생맥주를 시켰다. 생맥주의 부드러운 거품은 동파육 조각에 시달린 목구멍을 위로하기에 충분했다. 키가 작은 이 동양 아줌마가 서양 남자들에게는 아가씨로 비치는지 합석하자며 손짓 발짓으로 사인을 보내왔다. 그 무리에 속해 있는 것만으로도 충분히 즐겁고 흥분되는 모임이 있는데, 지금 이 너츠포드 테라스의 분위기가 딱 그랬다. 전세계에서 모여든 이방인들끼리 묘한 유대감이 생겨나는 분위기였다.

지금쯤 유경과 최 부장은 일찌감치 침대 위에서 지난 몇 달간 쌓인 욕정을 풀고 있겠지, 하는데 의외로 유경에게서 전화가 왔다. 유경은 내게 어디 있느냐고 묻더니 금방 카페로 찾아왔다. 몸매가 도드라져 보이는 붉은색 원피스를 입은 유경은 주변 남자들의 휘파람을 함께 몰고 왔다. 지난 2년간 밤 시간에 나를 찾은 적은 한 번도 없어서 우선 의아했다.

앞자리에 앉은 유경은 조금 피곤해 보였다.

"밤 시간은 최 부장 몫 아니야?"

"그 사람 잠들었어."

"나이 들었네."

나는 이죽거리고 있었다. 가볍게 한숨을 쉰 유경은 미리 준비한 듯 핸드백에서 홍콩 달러를 꺼냈다.

"너, 내일 시내 나가면 이 돈으로 좋은 핸드백이나 옷 한 벌 사."

"새삼스레 나를 매수를 할 만큼 뭐 잘못한 것 있어?"

"아니, 그냥 고맙기도 하고…… 여기 몇 번 왔지만 넌 변변한 핸드백 한 개 안 사길래."

"그 돈은 도로 집어넣고 말하자."

나는 유경의 남편 명함을 만지작거리며 말했다. 그 명함은 나에게 힘을 주었다. 내가 유경의 행복을 폭발시킬 시한폭탄의 뇌관을 쥐고 있는 듯 떨리기까지 했다.

"너, 이제 그만 둬."

유경은 무슨 말인 줄 알면서도 비껴갔다.

"뭘 그만 둬, 난 아직도 멀었어……"

"너 이제 그토록 소원하던 서울에 높고 넓은 아파트 한 채 살 만큼은 돈 모으지 않았어?"

나는 유경이 왜 그토록 높은 곳에 집을 갖고 싶어 하는지 그 이유도 알고 있었다.

유경은 중학교 때까지 다른 집에 세를 들어 살 형편조차 되지 않아 빌딩 지하 창고를 방으로 꾸며 살았다. 아니 그냥 방이라고 생각하며 살았다. 유경의 어머니가 그 빌딩의 청소를 해주는 조건으로 지하의 창고를 방으로 삼아 기거했다. 그 다음 유경이 고등학교 때 살던 곳이 연립주택의 지하방이었다. 나는 유경이 이사를 온 그 연립주택의 반지하에 이미 살고 있었는데 회색의 철제문이 마주 보여 그 반지하는 더욱 어두웠다.

그 방들에서는 어둠이 하루 종일 밀려나지 않았다. 비가 한 번

내리고 나면 핏줄 구석구석마다 곰팡이가 피어오르는 것 같았다. 유경은 지구상에서 동식물을 통털어 가장 저주스러운 게 곰팡이라고 말하곤 했다. 창밖으로는 지상을 지나가는 사람들의 발목만 보였다. 비가 그치고 나면 유경과 나는 목욕탕으로 가서 미친 듯이 머리를 감아댔다. 아침에 학교에 갈 때면 내 몸 어딘가에서 곰팡이가 뿌리를 내리고 살고 있을까봐 지상으로 올라서는 즉시 온몸을 털곤 했다.

그 지하방에서 유경은 먼저 빠져나왔다. 유경을 볼 때마다 하이힐을 신고 지하방에서 오연하게 걸어 나오는 모습을 떠올린다.

"너 오늘 밤 술과 웃음으로 넘쳐나는 이 휘황한 거리가 내일 아침에는 어떤 모습일지 상상해 봤어?"

유경은 대답 대신 반 정도 남은 맥주를 앞으로 가져가 목울대를 울릴 만큼 마셨다. 나는 지금 질펀하게 벌어졌던 축제에도 밤이 왔고, 축제는 아침이 오면 사라지는 신기루라고 말해주고 싶었다.

"쓰레기와 정적, 그리고 허무함이 남을 뿐이지……"

유경은 입가에 맥주 거품을 묻힌 채 웃는 표정을 지었다.

"난 축제가 다 끝난 후의 거리에 울면서 남지는 않아. 축제의 절정에서 몸을 빼서 내 방으로 들어갈 거야. 난 돈이 없는 감옥에 평생 있긴 싫어. 우리 같은 촌년들은 염원 정도 가지곤 부자가 될 수 없어. 돈에 환장을 해야 해 환장을……"

그래, 우리가 현관문을 마주 보고 살았던 그 반지하방은 돈이 없어서 생긴 어두운 감옥이었지. 너는 한 마리 새처럼 참 잘 빠져나왔지. 유경은 내가 세상 물정을 아직도 모르는 형편없는 어린애라는 표정으로 대화를 끝내고 결연한 걸음걸이로 돌아갔다. 또각거리는 힘찬 하이힐 소리는 유경이 세상을 딛는 소리였다. 그러나 나는 저 휘황한 마천루의 외벽에 부딪혀서 이윽고 떨어지는 유경의 날개를, 으깨어진 머리통을 떠올렸다. 유경의 위험한 비행을 멈추게 해야 한다. 낮의 번거로움과 더러움 혼란을 일순간에 채색해버리는 위대하고 거대한 밤의 힘, 이 밤처럼 유경은 밤의 길을 걷고 있다. 더러움이 다 묻혀버린 밤길이라 자신이 얼마나 더러운 길 위를 걷고 있는지조차 모른다. 나는 어떤 의무감에 사로잡혀 몸이 후들거렸다.

나는 서울에 있는 유경의 남편에게 전화를 걸었다. 그러나 막상 무슨 말을 어떻게 할지 생각해보지도 않았다. 다만 그의 명함을 받을 때부터 언젠가 이런 전화를 하리라고 막연하게 예견을 했을 뿐이다. 내가 공짜로 사는 유경의 오피스텔에서 쫓겨나고 중도금이 잔뜩 연체되어 있는 24평 아파트도 날아갈지 모른다는 생각이 스쳤다. 유경의 남편은 아직 술자리에 있는지 소란스럽고 왁자지껄한 분위기가 소음으로 전해져왔다. 전화는 자꾸 끊겼다. 차라리 금방 또렷한 목소리로 전화를 받았다면 난 거리낌 없이 말했을지도 모르는데 전화는 나의 망설임을 알아챘는지 잡음으로 채워졌다.

"……아 누구시라구요. 아, 유경 씨 친구라구요, 그 사람 지금 홍콩 출장 중인데……"

그마저도 주변 사람들의 시끌벅적함에 묻혀 제대로 들리지도 않았다.

"유경이요, 유경이가……"

미처 다음 말이 나오기 전에 나는 스스로의 무모함에 놀라서 전화를 끊어버렸다.

바보 같은 자식! 아내가 지금 누구와 침대에서 뒹구는지도 모르는 바보 같은 자식!

나는 보이지도 않는 유경의 남편을 향해 욕을 해대다가 생맥주 한 잔을 더 주문했다. 그 부드러운 거품은 너그러움을 불러들였다.

유경아, 넌 이 홍콩에서 돌아오지 말고 영원히 여기서 살아. 좀 좋으냐. 전세계의 호화사치품이 사방에 넘쳐나는 이곳이라면 너의 종신주거지로 아주 안성맞춤이지 뭐냐. 사람들이 열광하는 소위 명품이 깔린 곳, 그것을 소유하면 자신이 명품이 되는 듯한 환상을 주지 않니? 넌 여기에서 명품으로 살아라. 인생사용설명서를 쥐고 사는 인생의 일류기술자로…… 넌 아마 할 수 있을 거야.

어디나 마찬가지겠지만 이 홍콩처럼 돈이 모든 문을 열 수 있는 만능키의 위력을 가진 곳은 없을 거야. 우리가 매일 이곳 호텔에서 마주치는 진실, 아니 현실이 뭐더라. 돈이 많아 보이는 늙은 백인 남자의 팔에 동동 매달려 좋아 죽겠다는 표정을 짓고 있는 젊은 중국 아가씨들 아니냐. 또한 돈의 위력이 가져다준 순간적 감정의 서비스인 줄 잘 알면서도 그것을 만끽하는 저 남자들의 몸짓에는 자신감이 그들먹하지.

사람과 택시가 엉켜 돌아가는 침사추이 한복판에서 나는 밤하늘을 쳐다보았다. 이제 홍콩의 밤하늘에 별은 뜨지도 속삭이지도 않는다. 마천루의 꺼지지 않는 불빛과 스카이라인을 비춰주는 조명만이 휘황하다. 하늘을 그대로 비춘 마천루의 외벽이 자신이 비행해야 할 하늘인 줄 알고 그 휘황한 외벽에 부딪쳐 이윽고 떨어지는 유경의 날개가 보였다. 나는 유경의 날개를, 으깨어져 흘러내리는 머리통을 떠올렸다. 내 머리가 아파왔다.

호텔방에 도착하자 유경이 또다시 전화를 해왔다.

"서울로 돌아가는 비행기표는 네가 잘 가지고 있지?"

"그래, 새삼 무슨 확인이야?"

오늘 밤, 이젠 지쳐서 잠든 남자 옆에서 유경은 잠들기 쉽지 않은 모양이었다. 나는 그렇게 대답을 해놓고 마치 오래전부터 계획을 세워온 일을 실행하는 양 침착하게 가방에서 비행기표를 꺼내서 천천히 찢었다. 전자티켓이라 찢어버려도 좌석은 남아 있겠지만 내가 나타나지 않아 기다리다가 그 비행기는 놓치고 허둥대는 그들의 모습을 잠깐이라도 보고 싶었다.

다음날 역시 아침밥은 든든하게 먹어 두었다. 호텔에서 그들은 콜택시를 불렀고 나는 다시 공항버스를 타고 각각 첵랍콕 공항으로 갔다. 유경과 만날 시간이 다가오자 나는 우리나라 비행사의 카운터가 보이는 곳으로 가서 몸을 숨긴 채 그들을 관찰했다. 최 부장은 출장에서 업무가 아주 잘된 비즈니스맨처럼 만족한 표정이었다. 유경은 최 부장과 헤어져 나와 만나기로 한 장소로 걸어가고 있었다. 그녀의 검정 하이힐 소리는 홍콩의 공항에서도 사라지지 않고 경쾌하게 울려 퍼졌다.

나는 유경에게 주문을 걸었다.

너는 여기서 아주 살아. 내가 살고 싶은 이곳에서……

오후 4시

수염이 자라났다. 11시간의 긴 비행 동안 일어난 변화는 수염이 아주 빳빳하게 자라나서 턱 주변을 거무스름하게 덮었다는 사실뿐이었다. 나는 도착지에 다가오도록 도무지 실감으로 다가오지 않는 여정 속에 있었지만 수염이 자란 것으로 보아 시간은 제대로 흐른 것이다. 몽환과 각성이 교차되는 시간 속에서 기내식을 먹었는지 말았는지 배는 무지근했는데 허기가 감돌았다.

인천공항에서 이탈리아 로마의 레오나르도 다빈치 공항까지의 긴 여정은 갈증만이 계속되는 시간이었다. 내가 이 긴 비행시간을 감내하고 이탈리아 땅에 내리면 과연 예정대로 움직여지는 건가 하는 의구심이 떠나질 않았다. 스스로가 작정하고 계획한 여행이 아니고 먼데서 자석으로 이끌어 온 듯한 이 여정이 어떻게 전개되고 끝맺음될지 알 수 없는 시간이 시작되었다.

중학생이 되고부터 나는 집밖으로만 돌았다. 집안에는 가족이라고 해봐야 어머니와 나, 단 둘뿐이었는데 어머니는 미군부대에서 빼돌린 미제물건을 파는 소위 미제 아줌마 장사였기 때문에 늘 집에 없었다. 어머니는 그 강한 생활력만큼이나 성격도 불같아서 보따리를 내려놓자마자 성적표 검사를 했고 가차없이 매를 들었다. 그래도 혼자인 어머니 곁에 있어야 한다고 생각했지만 어떤 이끌림 탓인지 중학교 때부터 시작된 가출로 출석일수가 모자라 겨우 졸업을 한 정도였다.

그걸 꼭 어머니가 "지 애비를 닮아서"라고 말해왔기 때문에, 나는 내 모든 불합리한 행동의 뿌리를 아버지에게 돌리고 있었다. 그 시점에서 아버지의 부재는 묘한 갈증과 해방감을 동시에 주었다. 사실 아버지가 죽은 것도 아닌데 그냥 흔한 말로 바람처럼 왔다가 며칠 후면 어디론가 가버리는 아버지였다. 아버지는 체격이 크고 나름 멋있었는데 안정되어 보이지는 않았다. 나에게 남자란 떠돌아다니는 존재를 의미했다. 그래도 서울에 살았고 고교입시가 없어진 첫세대라 서울 시내의 좋은 고등학교에 배정을 받았고 무사히 대학교에도 들어갈 수가 있었다.

지금은 한때 나의 아내였던 연숙과 딸 진이가 다시 가족의 이름으로 나를 부르고 있었다. 거의 20년 동안은 통 내 쪽에서 보내는 연락조차 받지 않았던 터였다. 그런데도 서울 한복판에 현재 내가 살고 있는 아파트의 주소를 알아서 청첩장과 짤막한 편지를 보내왔다. 내 쪽의 연락을 거절했던 지난 20여 년 동안 나는 연숙이가 새롭게 결혼을 했다고 생각했다. 그건 연숙에게 오히려 잘된 일일 테니 구차스럽게 확인해보고 싶지도 않았다. 20여 년 전에 잠깐 우리나라에 왔을 때는 딸내미가 학교에 다닌다며 데리고 오지 않았었다. 나는 해마다 딸의 나이를 떠올려보면서 궁금할 때도 있었지만 보고 싶지는 않았다. 그런데도 내게 지금 딸의 결혼식에 혼주로 참석하라는 생물학적 아버지로서의 역할이 주어졌다.

승객 여러분, 이 비행기는 방금 로마 레오나르도 다빈치 공항에 착륙하였습니다, 라는 안내방송이 나오자마자 사람들이 안전벨트를 풀고 기지개를 펴는 둥 실내는 아연 활기를 띠기 시작했다. 목적지가 로마가 아니고 피렌체였기에 나도 빨리 움직여야 했는데 도무지 그 실감이란 게 다가오질 않아서 동작이 느리기만 했다. 로마에서 피렌체 아메리고베스푸치 공항까지는 국내선이라 비행시간이 30여 분 정도밖에 되지 않았고 환승시간도 짧아서 초행 치고는 어렵지 않게 피렌체에 도착했다.

나는 피렌체 공항에서 내린 수많은 우리나라 단체 관광객들이 각기 여행사의 가이드 앞에 무리를 지어서 줄을 서는 것을 보고서야 주위를 휘둘러보았다. 저쪽에서 장호가 나와 있다가 손을 흔들었다. 안개 가득했던 일정 중에 첫 번째 일이 성공한 느낌이었다. 진짜 장호가 이곳 피렌체에 살고 있고 이렇게 공항에 마중을 나오기까지 하다니 가상현실이 현실로 구현된 것만 같았다.

장호는 작년에 서울에서 치러진 환갑맞이 고등학교 동창회에서 봤을 때보다 훨씬 얼굴이 편해 보였다. 게다가 막 빠지기 시작하는 앞머리를 덮는 캡형 모자를 쓰고 있어선지 원래 살집이 좋던 바리톤 가수의 몸집이 넉넉한 중년의 여행 가이드로 알맞게 변신한 모습이었다. 고맙다, 이렇게 마중을 나와 주어서라는 말밖에 할 게 없었다. 장호는 개인 드라이빙 가이드 일을 하기에 최적일 듯한 진한 녹색의 왜건형 차를 가지고 왔다. 어, 차가 멋지네…… 하며 차에 오르기 전 무언가 정수리에 박혀오는 것 같아 하늘을 올려다보았다. 주황색 지붕들 위에 넓게 펼쳐진 경쾌한 푸른색의 하늘이 나를 내려다보고 있었다. 저 푸른색을 뭐라고 하더라, 코발트 블루라던가? 장호는 차문을 열려다 말고 그런 내 모습을 보며 싱끗 웃었다.

"너 같은 평생 공돌이가 보기에도 가슴 뛰는 하늘색이지? 이 나라에 산 지 어언간 30년에, 이 도시 피렌체에 산 지도 10년이 넘었지만 저 푸른 하늘은 여전히 감당이 안된다니까."

"그러게 하늘이 너무 무연하네. 나는 500년 전에 지어진 건물들 위에 드리운 중세의 하늘을 현재 보고 있는 것 같아 신기한데 말이야."

"난 그런 감탄도 이젠 무감각한데 가이드하려니까 자꾸 처음 보는 사람들 감정에 맞추어주려고 하지."

장호는 단출한 내 가방을 손님 것인 냥 친절하게 받아서 뒷트렁크에 넣고 차의 시동을 걸었다.

"그런데 내일은 대체 어디로 가는 건가? 오늘 자는 호텔은 이미 들어서 알고 있고."

장호가 물었다. 어디? 어디로 가는 거지? 나는 그제서야 그 여자 연숙이가 보내준 주소가 적힌 종이를 바지 주머니에서 꺼내 건네주었다.

"내가 가진 연락처는 이것뿐이야."

그것은 말일 뿐 나는 몽롱한 비현실감 속에서 여전히 헤어나오지 못했다. 지나온 내 60년의 전생애가 단축적으로 그리고 비현실적으로 뭉뚱그려져서 한 장의 그림으로 떠오르며 나를 누르고 있었다. 비행기 안에서 시작된 현상이었다. 비행기 안이 발을 디디는 땅이 아니듯 그 시간 동안 나의 생각도 구름 위에서 형태를 이루지 못하고 떠다녔다.

내가 왜 이 낯선 이탈리아 땅에 발을 디뎠는지, 진짜 장성한 내 딸이 지구상에 존재하는지 모든 얼개가 도무지 흐릿하기만 했다. 그들 모녀와 가족으로 어울려 산 시간은 딱 2년 정도였고 달랑 돌날 찍은 사진 한 장뿐, 제대로 가족사진을 찍은 적도 없는데 돌연 아내와 딸이 있는 그럴 듯한 가족사진 속에 내가 들어앉아 있는 모습을 본 심정이었다.

"이곳 피렌체 시내가 작은 편이라 외곽도 그리 방대하지는 않아. 이 주소는 남쪽으로 좀 떨어진 와이너리야. 딸내미 결혼식을 와이너리에서 하나보네."

딸내미라는 단어가 생경하게 들려왔지만 짐짓 익숙한 척 속으로 삼켜버렸다.

"와이너리가 뭐야? 우리가 흔히 말하는 넓은 포도밭이 있는 와인 생산지 뭐 그런 덴가?"

"제대로 알고 있구만 그래. 하긴 요즘 한국 사람들도 와인 제조국하고 포도 품종 따져가며 포도주를 구입하니 와이너리라는 단어가 익숙하겠네."

장호는 생을 딱 반으로 나누어서 우리나라에서 30년을 살고 30년을 이곳 이탈리아에서 산 셈이다. 나는 장호가 고교시절 가곡을 멋지게 부르던 우리 학교 대표가수였음을, 그리고 음대 성악과에 입학하고 군대를 마친 뒤에 이탈리아로 유학을 떠난 것까지 알고 있었다. 그러나 그 후의 삶에 대해서는 서로 연락을 할 정도의 친분은 아니었다. 그런데 60살이란 나이가 참 묘했다. 갑자기 많은 경계들이 무너지며 너그러워지거나 무방비의 심정이 되어버리곤 했다. 굳이 장호와 나의 친밀도를 따져야 하는가. 그냥 어떤 식으로든 이렇게 만나서 도움을 주고받을 처지가 되었으면 서로 거기에 충실하게 역할을 하자는 심정이었다.

서울에서 장호에게 카톡과 문자로 이탈리아 일정에 대해 도움을 청하면서 작년 고등학교 졸업 40주년 모임에 왔던 동창들의 얼굴을 떠올렸다. 전체 졸업생 720명 중에 그 절반 정도인 300여 명이 참석한 대단한 졸업 40주년 행사였는데 외국에 살고 있는 동창생들이 30여 명이나 참석을 해서 의외였다. 모두들 왠지 살짝 그늘이 지고 오랜만에 조국을 찾은 이질감에서 오는 겸손이 몸 전체에서 풍겨 나오고 있는 느낌이었다. 외국에서 오래 살아온 한국 남자들이 흔히 가지는 묘하게 자유스러우면서 어딘가 허허롭게 비어 보이는 표정을 보였다. 그 행사에 우연인지 장호가 참석했고 나는 장호가 이탈리아에 살고 있다는 사실 한 가지만으로 그에게 친밀감이 생겨났다. 몇 년 전부터 활성화된 고등학교 졸업반의 카톡방 덕분인지 장호의 카톡스토리를 몇 번 기웃거린 탓인지 그리 낯설지는 않다는 게 그나마 다행이었다.

연숙이가 현재 이탈리아에 살고 있다는 사실은 알고 있었기 때문이었다. 연숙이는 20년 전에 서울에 다녀간 뒤 독일에서 이탈리아로 주거지를 옮겼고 지금은 피렌체 외곽에 있는 요양병원에서 일하는 중이었다. 나는 창밖으로 보이는 주황색 건물들과 푸른 하늘의 조화, 평화로움과 우아함에 끌려 눈길을 떼지 못했다. 장호는 신호등 앞에서 나를 툭 치며 말했다.

"내 친구, 여전하네!"

"늙었다는 말을 그렇게 둘러서 안 해도 된다 임마!"

"늙은 거 말고 바람의 혼이 깃든 그 얼굴 표정 말이다."

그렇다. 나는 바람이었다. 수업시간 중간에도 누군가 부르는 듯 학교를 나와 무작정 어디론가 떠나곤 했다. 휴학을 반복하며 간신히 뒤늦게 대학을 졸업했지만 다행히 경제호황기라 대기업 건설회사에 쉽게 취직을 했다. 요즘에 58년 개띠 남자들이 해외 건설현장의 주역이고 이 나라 경제발전의 주역이며 호황의 달콤한 과실을 따먹은 마지막 세대니 하면서 규정들을 짓고 있다고 들었다.

'50대 이상 건설기술자 세계에서 중동건설현장에 근무한 적이 없다는 것은 남자들 세계에서 군복무를 하지 않았다는 것과 같다' 라는 말처럼 나는 회사의 명령대로 신입사원 시절부터 해외건설현장을 돌아다니며 근무를 했다. 나는 가정을 이루고 누군가와 같이 살아갈 동력이 부족했고 죽어서도 나를 지배하는 아버지의 핏줄 탓인지 정착이 싫었다.

나는 감성적으로 일격을 가해오는 친구 앞에서 어떤 말로 대꾸를 해야 할지 잠시 망설였다. 우린 이게 여전히 가능한 사이인가? 고등학교 때의 치기 어린 원형질을 그대로 간직하며 나머지 생은 그대로 너무 따지지 않는 관계로 가는 건가? 고등학교 시절 몇 개의 진한 에피소드를 함께 나누어가진 사이라 시간이 지나도 절대 희석되지 않는 친밀감이 남아 있기는 했다.

"장호 너는 변했어. 지금쯤은 반백의 머리칼을 쓸어 넘기는 음대 성악과 교수로 은퇴를 앞두고 있을 거라 상상했지."

"뭐 지금도 나쁘지 않아. 전혀 아닌 것 같아도 인간은 결국 알게 모르게 자신이 원하던 대로 살고 있더라구. 뜻대로 살아지지 않는 게 삶이라는 걸 소위 예술적 성취를 꿈꾸며 달려들어본 사람들은 남들보다 일찍 알게 되거든. 덕분에 나도 이렇게 전직을 하고 예상치 못한 천직을 발견해서 아무튼 낯선 땅에서 이렇게 먹고 살고 있고 말이야. 전직 성악가 가이드라는 게 이탈리아하고는 어울리는지 꽤 인기가 있다니까."

장호가 연락을 끊어버리고 친구들 사이에서 사라진 건 이탈리아 유학의 내용이 잘 풀리지 않았던 무렵부터였다. 이탈리아 국내에서 열리는 성악 콩쿠르에서 연달아 좋은 성과를 내지 못하자 잠시 지휘로 전공을 바꾸어서 공부를 계속하기도 했는데, 성악과 지휘, 음악을 모두 접고 지금은 개인 여행사 겸 가이드 일을 하고 있었다.

"우길이 너 인생 한 바퀴 돌고 60살에, 다시 태어난다는 뜻인 르네상스 바로 그 이름을 탄생시킨 도시에 온 기분이 어때?"

장호는 여전히 학창시절처럼 내 성인 '선우'와 이름 '길'을 합쳐서 이름을 우길로 부르고 있었다. 르네상스가 그런 뜻이라고 듣긴 했었다. 이렇게 60살이 되어버린 것처럼 나머지 생을 살아가도 되는 건가 하는 생각들이 머릿속에 똬리를 틀기 시작했고, 아 이젠 남자라는 성을 떠나면 어떨까 하는 생각마저 들었다. 남자로서의 삶에서 그냥 인간으로서의 삶으로 가는 부활은 어떨까. 쓸데없는 논쟁을 일삼고 허황한 야생의 이정표를 좇는 남자들의 삶에서 떠나볼까. 다른 사람들은 60살이 넘어도 마음이 도무지 늙지 않아서 탈이라는데 나에게는 익숙하던 삶의 풍경들이 낯설거나 도무지 해법이 없는 것처럼 압박해 들어오기 시작했다. 외길인 줄 알고 전속력으로 마라톤을 하면서 달려왔는데 갑자기 어떤 지점에선가 여러 갈래의 길이 나타났다. 한 발짝도 앞으로 나아가기가 두렵다. 나는 장호의 질문에 답을 못한 채 잠시 차 안에서 머뭇거렸다.

"나도 한번 이 도시에서 부활해볼까?"

장호는 씩 웃으면서 자기가 같이 내려서 호텔방까지 같이 가겠노라고 말했다. 내가 이탈리아 말을 한마디도 모르긴 하지만 호텔이라면 아무리 작아도 영어는 통할 터이라 내일 아침에 데리러만 와주면 된다고 말했다. 돌로 포장된 길들이 좁아서 바로 호텔 정문 앞에서 내릴 수 있는 게 신기했다. '일 꾸오레'라는 이름의 호텔은 자못 르네상스풍으로 실내를 꾸며놓았다. 하얀 회벽에는 프레스코화를 본뜬 벽화가 그려져 있고 창문은 꽃문양 스테인드글라스로 되어 꽃의 도시라는 피렌체에 걸맞는 화사함이 가득했다. 나는 호텔로 들어서며 혹시 연숙이나 딸애가 로비에서 기다리지나 않나 하는 헛된 희망으로 실내를 둘러보았다. 그러면서도 이토록 이기적이기만 한 나라는 인간은 타인에게 잔인하거나 가해자가 될 수밖에 없다는 자책감도 밀려들었다.

호텔 안내에서 리셉션을 보는 뚱뚱한 대머리 남자는 꽤나 능숙한 영어로 나에게 전해달라는 레터가 있다며 건네주었다. 호텔 봉투를 열자 한글로 쓴 한 장의 편지가 들어 있었다. 그것은 서울에서 내가 받은 편지와 같은 것의 복사본이었다. 아마 내가 이탈리아에 도착해서 결혼식장를 제대로 찾아오지 못할까 봐 한 장 더 두고 간 모양이었다.

나는 그 봉투를 들고 방으로 올라갔다. 엘리베이터 안에서 나는 한없이 꺼진 눈밑 주름과 긴긴 하루의 여정에 홀쭉해진 볼, 근육들이 소실되어 이미 가늘어진 팔뚝과 흰머리칼이 더 많은 머리를 찡그리며 비춰보았다. 그리고 미칠듯이 뛰는 심장을 부여안아야 했다. 가방을 침대 위에 던져놓고 걸터앉아 편지봉투를 보았다. 내 이름 선우 길이 굵은 펜글씨로 쓰여 있었다.

"최연숙입니다. 당신과 나의 딸 선우 진이 결혼을 합니다. 결혼식에 초대합니다. 날짜는 6월 21일이고 장소는 이탈리아 피렌체 근교 그레베 와이너리입니다. 택시기사들도 잘 아는 곳입니다."

다행히 편지의 말미에는 연숙의 전화번호가 적혀 있었다. 나는 망설이다 피렌체에 잘 도착했다, 내일 식장으로 찾아가겠다라고 문자를 보냈다. 연숙의 카톡 프로필로 사진을 찾아보았으나 그녀는 카톡에 어떤 사진도 올려놓지 않았다. 딸애의 전화번호를 물어보는 것은 염치없는 짓이라 끝내 할 수 없었다.

나는 밤에 방을 나와서 혹시 길을 잃으면 택시를 타고 올 요량으로 호텔 명함을 한 장 쥐고 무작정 거리로 나섰다. 6월의 밤공기는 선선했고, 거리의 카페마다 야외테이블에는 무언가를 마시면서 표정과 손짓이 더해진 대화를 나누는 사람들로 빼곡했다. 신경을 써서 맞추어 입었는지 천부적인 미적 감각으로 골라 입었는지 모두의 옷차림에선 멋스러움이 풍겨 나왔다. 온화한 조명등 아래에서 한껏 웃으며 와인잔을 들고, 둘러앉은 사람들과의 관계를 즐기는 듯한 그 몸짓들에선 여유가 넘쳐났다. 신의 가호는 늘 왜 한쪽으로 쏠리는가.

연숙이와 나는 왜 이렇게 흘러오게 되었을까. 폭포처럼 강한 사랑이라고 생각했는데 어느덧 손에 움켜잡을 수 없는 물줄기처럼 다 빠져나가 버렸다. 어머니의 그 말, '술집여자'라는 말에 연숙이는 걸려 넘어졌다. 연숙이는 고등학교를 졸업하고 간호사가 되기 위해 학원에 다니고 있었는데, 한마디로 가난한 집안의 딸이라 저녁에는 아는 언니가 운영하는 카페에서 일을 하면서 학비를 벌어서 그 돈으로 간호사 시험을 준비하고 있었다.

그러나 내 어머니한테 연숙이는 가난해서 술집에 나가는 '술집여자'일 뿐이었다. 어머니가 미군부대 양공주들에게서 물건을 받아다가 장사를 하는 데다 아버지를 앗아간 술집여자에 대한 원망이 겹쳐 어머니는 물장사라면 무조건 백안시했다. 어머니의 광적인 반대 때문에 연숙이는 나와 정식으로 결혼식을 올리지 못하고 같이 살면서 딸을 낳았다.

연숙이는 갓난 딸애의 무구한 얼굴을 들여다보며 납득할 수 없는 조건들로 신분이 규정되고 일생을 지배할 것 같은 우리나라를 떠나서 살자고 했다. 나는 건설회사 토목건설부에 막 입사한 처지였고 그 당시 중동 근무 2년 정도는 앞으로의 회사생활을 위한 필수 코스였다. 회사는 그무렵 사우디아라비아 주베일 항만공사를 대대적으로 성공시킨 뒤라 수주능력과 시공능력을 세계적으로 입증받고 사세가 한창 높아가는 상태였다. 뒤이어 따낸 이라크 사아라 지역의 대규모 주택건설 프로젝트는 그때까지 진행중인 사업이라 나는 바로 투입되어야 할 신입사원이었다.

연숙이는 오히려 잘 되었다며 내가 이라크에 가 있는 그 2년 동안 자신은 갓난 딸애를 데리고 간호사로 비교적 취업이 쉬운 독일로 갈 거라고 말했다. 준비 없이 나온 말이 아닌 게 내가 이라크 현장으로 떠난 뒤 2주 후에 연숙이도 독일로 간다는 것이었다. 간호사로 일하면서 알게 된 지인들이 이미 독일로 많이 가 있는 상태라 어린 아기를 키우면서도 일을 할 수 있다고도 말했다.

그렇게 나와 연숙은 이라크와 독일에서 헤어져서 살게 되었다. 나는 남들이 다 힘들다는 이라크 현장이 체질에 잘 맞았다. 7월 8월에는 한낮의 기온이 거의 50도에 육박하기도 했는데 그런건 나에게 문제가 아니었다. 나는 내가 태어난 나라에서 멀리 떨어져 있는 게 오히려 마음이 편했다. 그러다가 2년간의 근무가 끝나고 첫 번째 귀국휴가를 받았을 때 나는 주저없이 독일행을 택했고, 프랑크푸르트에서 연숙이와 3살 된 딸 진이를 만났었다. 연숙이는 그곳 병원에서 간호사보다 조금 낮은 조무사 정도의 일을 했고 진이는 그 병원에 딸린 보육시설에서 엄마와 함께 등하원을 하며 자라고 있었다. 모녀가 살고 있는 아파트는 원룸형의 빌라였지만 허술하거나 구차스럽지는 않았다. 연숙이는 가족과 친척이란 이름을 달고 흡혈귀나 야차같이 구는 사람들이 없는 그 나라가 좋다고 말했다.

그때나 지금이나 그녀가 어떤 싸움을 하면서 살고 있는지 알아보지도 않고 알고 싶지도 않은 게 내 성정이었다. 연숙이의 가난한 지난날이 그녀에게 어떤 상처를 주었고 어떻게 대면하고 회피하고 극복하는 외로운 싸움을 하는지 알고 싶지 않았다. 나는 연숙이와 살면서도 내 성정에 따라 바람처럼 살려고만 했다. 그녀에게 나는 단지 수컷이었을 뿐, 의지할 수 없는 이기적인 남자였을 것이다.

나는 광장으로 나가려고 했다. 밤에도 불을 밝히고 명랑한 사람들이 밤새 잠들지도 않고 삶을 즐기는 그런 광장으로 가려고 했다. 그런데 자꾸 좁고 막힌 골목들이 나를 가로막았다. 골목길 모퉁이마다 길 이름들이 돌판 위에 새겨져 있었으나 그건 광장으로의 안내자가 아니었다. 분명 어디선가 사람들의 목소리가 들리는데 내가 들어서는 길들은 침침한 가로등을 켠 사람 없는 어둑한 골목길뿐이었다. 낯선 도시는 이방인에게 쉽게 길을 가르쳐주지 않았다. 되돌아가는 길도 머릿속에 아득했다. 그러다가 일순 도로의 끝이 확장되며 환한 광장이 나타났다.

과연 밤이라 더 집중도를 높여주는 조명등 아래서 조각상들이 꿈틀대고 있었다. 미켈란젤로의 작품인 다비드상 주변에 사람들이 제일 많았다. 미술책에서 보던 작품이 실물대로 눈앞에 서 있어서인지 사람들은 실감을 저장하기 위해 끝없이 사진을 찍으며 그 천재성에 감탄을 쏟아냈다. 광장에 늘어선 조각상들은 르네상스 시대를 풍미한 천재들이 천재가 없는 불모의 현대인에게 남겨준 황홀한 선물이었다. 누군가 나를 이 도시로 초대했고 정말 내가 제대로 초대받은 자인지는 알 수 없었지만 이 이상하고 신비로운 밤과 르네상스의 대지 위에 발을 딛고 있다는 이 실감만은 절대 나의 것이었다. 나는 어두운 골목길과 다시 맞닥뜨리지 않으며 무사히 호텔 '일 꾸오레'로 돌아왔다.

다음날 아침 나는 혼자서 아침밥을 먹으러 호텔 1층의 레스토랑으로 내려가면서 이발소가 있는지 물어보았지만 호텔 건너편에 있다는 대답이었다. 나 자신도 모르게 신부 아버지의 역할수행을 준비하는 모양새였다. 누군가 여행의 꽃은 조식부페라고 말했는데, 꽃의 도시 한복판에 위치한 이 호텔의 다양한 조식부

페는 그렇게 불릴 만도 했다. 든든하게 먹고 오늘 하루를 잘 버티거나 이겨내야 한다는 머릿속의 가르침에 따라 이탈리아 사람들처럼 우유 거품이 듬뿍 올려진 카푸치노와 복숭아잼을 바른 크로와상 한 개를 먼저 먹어보았다. 왼쪽 잇몸이 부어올랐고 어금니가 욱신거렸다. 어금니가 아파오면 피로보다는 이라크에서 씹어댔던 마른 오징어 탓이란 생각이 들었다. 이라크에 근무할 때 왜 그렇게 마른 오징어가 먹고 싶었는지 출장이나 휴가를 다녀오는 사람들한테 한 축을 사다 달라고 해서 술이 금지된 이라크에서 밤에 몰래 소주와 먹었던 기억이 모래시계가 엎어지듯 한꺼번에 머릿속 기억회로를 통해서 혀로 전달되었다.

남자들에게 사회적 장례식이라는 회사의 정년이 나에게도 작년에 닥쳐왔다. 해외공사현장을 다니다가 서울 본사로 잠시 돌아오면 서울에서의 삶에 대한 일상적인 대화가 안 될 정도로 영혼까지 쏟아부으며 회사일을 했지만 조직에서의 역할은 언젠가 끝이 나기 마련이었다. 다행히 토목기술자라고 중소 엔지니어링 회사에서 불러줘서 다시 일을 하게는 됐지만 열정도 재미도 없는 생명연장술의 시간일 뿐이다.

오전 10시쯤 장호가 호텔 앞에 차를 대고 기다리고 있었다. 장호도 어제의 가이드 차림이 아니고 결혼식 하객용 감색양복을 입어선지 도로 성악가 된 것처럼 보였다.

“사위는 이탈리아 사람인가?”

"그렇다고 들었어. 같이 컴퓨터 계통 회사에 근무한대. 나도 더 이상은 몰라. 딸하고 직접 연락을 해보지는 못했거든."

장호는 거기서 활짝 웃었다.

"아주 너다운 처사다. 뭐 안 물어보는 습성은 여전하구나. 좀 어렵게 말하면 네 인생에서마저 네가 방관자인 듯한 그 포즈잡기 말이야."

"이번에는 내 편에서 물어볼 입장도 아니었지."

"뭐 유럽에서 살다 보면 소위 국제결혼이 너무 많아서 이젠 교민들 사회에서도 이야깃거리도 안 되는 정도지. 여기 사람들이야 인접한 나라의 사람들하고 워낙 결혼을 많이 하니까 별 특이한 경우가 아니고, 한 10여 년 전까지만 해도 동양인이라면 좀 다르게 생각했었는데 요즘엔 그런 생각도 거의 없어졌구."

"그래도 나에게 닥치니까 해석이 좀 어렵네."

"난 또 반대로 여기서 결혼하고 낳은 아들내미가 지엄마랑 서울 가서 살고 있다니까. 내가 성악가가 아니니까 돈은 더 버는 것 같아도 멋진 아우라가 사라져 버려선지 아들은 우리나라에서 교육시켜야 한다면서 둘이 가버렸어. 나 같은 거꾸로 기러기아빠도 다 있어."

따지고 보면 장호나 나나 모두 결혼에는 실패한 셈이다. 그러나 결혼에서 정작 실패란 무엇일까?

"그나저나 딸이 결혼해서 자식을 낳고 이 대륙에 산다고 상상해보면 시공간 개념이 확장될 거야. 그래서 요즘은 그런다더라, 자식이 국제결혼을 하면 떨어져 살아서 서운한 건 나중이고 내 DNA가 지구에 더 널리 퍼지는 거라고."

아직 실감을 못해선지 그 말에 수긍하며 웃지는 못했다. 와이너리는 피렌체 시내에서 50분 정도 거리였는데 시내 중심을 벗어나자마자 바로 토스카나 지방의 비옥한 초록 들판이 그림처럼 다가왔다. 공항에서 머리 위에 펼쳐졌던 그 푸른 하늘이 들판의 정수리 부분에서부터 끝없이 따라왔다.

"여기가 이렇게 우리가 어렸을 때 미술책이나 미술관에서 보던 유럽의 풍경화를 그대로 보여주니까 요즘 관광객이 진짜 많아."

이런 관광 성수기에 나를 위해 온전히 하루를 할애해 준 장호가 다시금 고마웠는데 낯선 장소를 선점한 자의 익숙함을 친절로 베풀고 있다고 여기면서 맘껏 신세를 지기로 했다. 들판에서 좀 더 숲이 울창한 구릉길을 한참 돌아 산길로 접어들어 좁은 길을 오르자 제법 높은 곳에 와이너리 입구가 나타났다. 결혼식 두 시간 전인 11시에 와이너리에 도착했다. 장호는 와이너리 산책을 하고 식이 시작되면 다시 오겠노라고 말하곤 와이너리 앞 사이프러스가 늘어선 들판길로 사라져 갔다. 유일하게 아는 사람이 멀어지자 일순 불안감이 들기도 했지만 우리나라 사람으로 보이는 몇몇이 있어 여차하면 무언가 물어볼 수도 있겠다 싶었다. 식장으로 꾸며진 와이너리 앞마당 입구에는 우리나라와 이탈리아 국기가 꽂혀 있었다. 둥그런 흰색 차양 아래 20개 정도의 테이블이 놓여 있고 주례석인 단상까지는 꽃화분으로 구획해서 신랑 신부가 걸어가는 버진로드가 만들어져 있었다.

내가 그 아름답지만 낯선 풍경과 사람들 사이에서 가장 이질적인 피사체가 되어 서 있을 때 시야에 가득 푸른 하늘이 들어왔다. 어제부터 그 하늘이 위로를 건넨 탓인지 지난 시간 속에 붙어 있는 모든 무거운 침전물들을 저기에 다 띄워 보낼 수도 있겠다는 생각이 들었다. 문득 오랫동안 같이 살아왔고 딸과의 추억이 가득한 아버지라면 어땠을까 잠시 상상해보았다.

누군가가 나에게 다가왔다. 그렇다, 그 누군가였다. 20년 만에 보는 그 여자 연숙이는 분명 옅은 웃음을 띠며 내게 다가왔다. 그녀는 연한 분홍색의 하늘거리는 긴 드레스풍의 원피스를 입고 있었다. 나는 그 연극적인 상황을 견디려고 연숙이가 걸어오는 방향으로 몇 발짝 걸어갔다. 그 청명한 대기와 사이프러스 길과 하얀 차양과 끝없는 포도밭이란 배경 덕분에 20년 만의 어색한 만남은 그럴 듯한 해후가 되어가고 있었다.

연숙이는 아무래도 내가 마지막으로 그녀를 만났던 마흔 살 때보다는 허리둘레가 엄청 늘어나 보였는데 전체적으로 퍽 건강하고 성숙한 삶의 깊이가 배어나는 모습이었다. 그녀가 암으로 투병 중이거나 휠체어에 앉아 있을지도 모른다는 상상은 무위했으며 그런 상상은 그녀가 딱한 처지에 놓여서 혹시 뭐라도 도움을 주고 우위에 서보려는 얄팍한 이기심의 발로였다. 단지 한국에 있는 그 나이의 여자들처럼 검은 머리로 염색을 하지 않아 은발인 게 특이하면서 은근한 자신감의 증표같이 보이기도 했다.

"잘 찾아왔네요. 고마워요."

나는 뭐라고 답해야 할지 모르고 진공상태로 빠져들었는데 연숙이는 우리가 마지막으로 만났던 20여 년의 시간을 뛰어넘어 그냥 오래전에 알았던 손님을 살갑게 맞이하는 듯한 태도를 보였다. 이곳 사람들처럼 친밀하기는 해도 서로 얽매지 않는 인간관계를 체득했는지도 모를 일이었다. 그녀라면 가능할 것도 같았다. 우리나라 사람들의 타인에 대한 관심과 단편적인 관심에서 오는 편견을 무엇보다 싫어했던 그녀였기에 충분히 그럴 법도 했다.

난 사실 어떤 표정을 지어야 할지도 결정하지 못했다. 내가 결정한다고 지어지는 것이 아닐지도 모르지만 60살이 될 때까지 살아온 경험치에 의하면 난 아주 연기가 불가능한 체질은 아니었다. 마음만 먹으면 일정 시간 동안은 내가 필요한 가면이나 상대방이 필요로 하는 가면을 쓰고 있을 수 있었다. 시간이 과거로 역류하는 소리가 심장이 뛰는 속도로 들려왔다.

연숙은 앞장서서 딸 진이가 있는 방으로 데리고 갔다. 진이는 막 드레스를 다 입은 듯했다. 나는 쏟아지는 햇살 속에 하얀 웨

딩드레스를 입고 서 있는 진이를 아주 낯선 사람처럼 실눈을 뜨고 쳐다보았다. 늘씬한 키에 약간 마른 듯한 체형인데 눈이 큼지막해서인지 29살이라기엔 어려 보였다. 나를 닮은 곳이 있나 살펴보는 무의식에 흠칫 놀랐다. 나는 진이를 정면으로 대하기엔 눈이 부셔서 당황스런 표정으로 멈춰서 버렸다. 연숙은 진이에게 나를 데리고 가서 나지막하게 말했다.

"소냐. 파파야!"

소냐, 아니 우리나라 이름 선우 진은 아! 하는 표정이다가 금방 웃음을 가득 지었다. 진이는 약간 서툰 우리말로 "와 주셔서 감사합니다"라는 의례적인 말을 했다. 그 순간에도 파파! 라는 단어가 생략된 게 또렷이 귀에 박혀왔다. 나는 흔히 하는 것처럼 포옹을 해야 하나 잠시 망설였는데 진이가 손을 내밀어와서 그냥 손등을 만지는 것으로 대신했다. 나는 딸애의 싱싱한 생명력을 감당하지 못해 한 발 뒤로 물러났다. 진정한 식구는 집밖에서 우연히 만났을 때 가슴이 아픈 존재라더니, 분명 젊고 아름다운 딸을 보면서도 그 너머로 아릿함이 솟구쳐 올랐다.

사위는 친구들과 윗층의 방에 있었고 먼저 사위의 부모들과 인사를 하게 되었다. 그들에게는 신부의 아버지가 한국에 따로 살고 있고, 그동안 만나고 살았는지 그런 사실은 모르거나 중요하지 않고 결혼식에 참석하러 온 정도로만 소개되어 있는 것 같았다. 사위의 아버지는 거의 대머리가 다 된 초로의 모습이었지만 험한 일을 하고 살았던 것 같지는 않았다. 은발인지 백발인지 구분할 수 없지만 굵게 곱슬거리는 머리칼이 멋지게 어울리고 연한 블루의 원피스를 입은 사위의 어머니는 외양부터 교양과 품위가 깃들어 보였다. 사위의 어머니가 웃으면서 눈가에 부챗살처럼 퍼지는 주름이 얼굴에 온화함을 부여했다. 연숙은 사위를 봐야죠 하면서, 윗층으로 이끌었다. 그 복도에서 연숙은 잠시 멈추어 섰다.

"이젠 아무렇지도 않네요. 이런 상태가 좋아요."

무슨 의미인지 확실히 알 수는 없었는데 연숙의 평온한 얼굴은 나에게 지금 이 모든 것을 그대로 받아들이라는 암묵적 정언 명령을 내리고 있었다. 2층에 올라가자 젊은 남자들이 뿜어내는 활기가 문밖에서도 느껴질 정도였다. 사위와 검은 턱시도로 정장을 한 그의 친구 5명이 몰려 서서 와인을 마시고 있었다. 사위는 전형적인 이탈리아 미남자로 그의 아버지가 오래전에 간직했을 풍성한 갈색 머리칼과 멋진 구레나룻 수염을 가지고 있었다. 양복이 잘 어울리는 탄탄한 체격을 갖춘 젊은이였는데 그 잘생김이 오히려 묘한 불안감을 주었다. 네가……네가……내 딸을 사랑한다고? 내 딸을 행복하게 해줄 수 있어? 하는 진부한 질문만이 맴돌았다. 마치 딸을 애지중지 키우며 아버지의 정을 30년 동안 오롯이 쌓아온 듯한 어처구니없는 욕심이었다. 사위는 내게 다가와 먼저 손을 내밀며 아마도 그가 아는 유일한 우리나라

말일 "감사합니다"라고 인사를 했다. 나는 손등도 짧은 갈색털로 덮인 사위의 손을 지긋이 잡으면서 무언가를 전달하고 싶었지만 말이 되어 나오지는 못했다.

이제는 화석화되어버린 연숙과 나 사이지만 젊은 시간을 회칠까지 하고 싶지는 않았다. 그 시간과 현재를 이어주는 저 뚜렷한 증표로서의 딸이 존재하는 한 끊어질 수 없는 무언가가 있다. 또 다시 드는 의문은 결혼생활의 실패란 대체 무엇인가? 남편과 아내라는 이름 붙은 관계를 계속 유지하지 못하면 모두 실패한 것인가? 연숙은 내가 입을 연미복을 준비해놓았다. 나는 연숙이가 도달해 있는 까마득한 높이를 쳐다보기가 어려웠다.

나는 연미복으로 갈아 입었지만 딸아이를 데리고 들어가는 역할까지 하지는 않았다. 딸과 사위는 동시 입장을 했고 연숙과 나는 따로 혼주석이라고 할 것도 없이 맨 앞의 테이블에 앉았다. 허무를 아는 나이가 되어 젊은 사람들의 미래를 축복해야만 하는 이런 자리에 앉아 있어야 하는 것도 나이가 들어서 맞이하는 곤혹스런 일 중의 하나이다. 그 젊은이들에게 미리 허무의 냄새를 풍겨서 삶의 전도를 회의로 물들게 하고 싶지는 않았다. 멋도 모르고 나가서 다치고 넘어지는 모습을 보는 것도 원하지는 않지만 그렇게 하지 않으면 배울 수 없는 인생의 법칙들을 설명해줘서 경험을 면제해줄 수도 없는 노릇이었다.

신랑측에서 오래전부터 잘 아는 신부님이라며 주례사제로 모시고 온 뚱뚱한 신부님은 유쾌하기 이를 데 없는 사람이었다. 사제복만 입지 않았다면 혈색 좋은 산타클로스 할아버지처럼 보였다. 특별히 한국말을 한마디 배웠다며 "축하합니다!"를 연발했다. 막 쪼이기 시작하는 토스카나의 강렬한 여름 햇살 아래 나만이 어색한 몸짓으로 결혼사진을 잔뜩 찍었다. 5가지 정도의 와인이 나오는 코스요리를 처음 보는 사위 부모들과 대화도 통하지 않으면서 시험 치르듯이 다 먹고 나자 햇살은 열기를 숙였다. 연숙이는 그들과 유쾌하게 대화를 주고받았고 몇 마디 안 되는 내 말은 옆에 붙들어 앉힌 장호가 통역으로 전달해주었다.

딸과 사위 친구들의 떠들썩한 뒤풀이 파티는 와이너리 안 식당에서 계속되고 있었지만 나는 그만 떠나고 싶었다. 연숙이는 언제 서울로 돌아가느냐고 물었고 나는 며칠 피렌체에 머물 것이라고 나도 예상치 못한 답을 했다. 나는 며칠간 계속되는 비현실감 때문에 온몸으로 멀미 증상을 겪는 터라 이 멀미를 가라앉힌 다음에 서울로 돌아가고 싶었다. 장호와 나는 높은 구릉지대에 위치한 그 와이너리를 떠나 자꾸 낮아지며 다시 피렌체 시내로 돌아왔다. 장호가 같이 술 한잔 하겠냐고 물었지만 오늘 저녁은 혼자 지내고 내일 일과 후에 다시 만나자고 해두었다.

오후 4시였다. 이젠 다시 방향을 정해야 할 시간이었다. 온몸은 이제 본격적으로 미열이 돌면서 떨려오기 시작했다. 나는 이제 어디로 가야 하나. 무언가를 시작할 수도 없고 그만 둘 수도 없는 이 오후 4시란 시간에 무엇을 어떻게 해야 하나. 장호의 차에서 뛰듯이 내려 호텔방으로 들어갔고, 바로 혼곤한 잠에 빠져들었다.

오후 4시부터라도 다시 걸어야 석양을 만날 수 있지 않을까. 내가 바라는 것은 장엄한 노을인가. 햇살 아래서는 외연만 보이지만, 해가 저물어져서야 켜지는 조명등 아래서는 심연까지 볼 수 있지 않은가. 땀에 젖은 몸으로 깨어났을 때 방안은 이미 어두웠다. 커튼을 열자 짙은 청색의 밤하늘이 500년의 무게를 견디며 현재로 다가왔다. 밤은 별과 함께 내려왔다. 별은 나그네의 항로였다.

마음의 방

나는 거의 쓰러질 듯한 몸으로 그 집에 들어섰다. 밤 11시쯤이라고 짐작은 하지만 시계는 보지 않았다. 식당이 문을 닫는 시간이 밤 10시니까 지금이 대충 11시쯤이라고 여겼다. 시간이 중요하지도 않았다. 나는 눈도 뜨지 못한 채 소파가 있다고 생각한 방향으로 무조건 다가가서 쓰러져 내렸다. 낡은 천소파는 탄력을 잃어버리고 꺼져 들어간 그만큼 피곤에 절어 퉁퉁 부은 나의 몸을 깊숙이 받아주었다. 나는 소파 속에서 잠귀신이 빨아들이기라도 하듯이 아득한 잠속으로 빠져 들어갔다. 깊은 지하동굴이거나 검은 지하세계 같았다. 지하동굴로 혼곤하게 빨려가는 사이에도 예의 그 색소폰 소리는 아련하게 들려왔다.

깊은 밤의 중심부를 가르면서 퍼지다가 밤을 타고 흐르는 그

선율은 마치 나를 밤의 세계로 인도해주는 부드럽고 다정한 길라잡이 같았다. 저 소리를 들으려고 이 집에 찾아들었던 것은 아니었을까. 일산에 살던 나를 이곳 반포까지 불러온 게 저 소리일가. 사람이 직접 부르는 듯한 저 소리, 아 누군가 나를 부르고 있다, 낙원에서 들려오는 듯한 감미로운 저 소리……

그러나 나는 저 소리를 잡아야 한다, 저 소리를 놓치면 이 지상에서 멀어지는 거다, 하면서도 잠의 소용돌이 속으로 빨려 들어갔다. 첫날은 그 색소폰 소리가 그저 애절한 음색으로만 들렸을 뿐 무슨 노래인줄도 몰랐다. 이 집에 스며든 둘째 날, 쏟아지는 잠의 틈새로 함몰되지 않으려 애쓰면서 귀를 기울이자 그 노래가 '봄날은 간다'라는 가요곡임을 그제야 알게 되었다. 그래도 앞의 가사들은 잘 떠오르지 않았고, 맨 끝소절인 '알뜰한 그 맹세에 봄날은 간다'라는 구절만 겨우 알 수 있었다.

이 잠에서 깨어날 때 아침이면 좋고, 아니고 해가 중천이거나 밤이어도 상관이 없었다. 내일은 일요일이고, 나에겐 타인을 위한 아무런 의무가 없었다. 이처럼 최선을 다해 하루하루를 살아내고 있는데, 내일 죽음이 와도 그다지 서러워할 이유가 없을 듯했다. 하긴 그 누구 슬퍼해줄 사람이 주변에 있지도 않았다. 여자로서의 시간을 마감하고 이젠 다른 존재로 지상에서 살아가야 할 이유를 만들기 위해 몸부림치고 있는 게 아닌지…… 남편에게 법적으로 얽혀 있던 20년이란 시간이 차라리 없었다면 좋았을까.

마음의 깊은 상처는 몸의 면역체계를 약화시켜 버리는지, 나는 지난 20년간 큰병도 없이 자주 아팠다. 무슨 일이라도 해보고 싶었는데, 이유도 없이 지치는 날이 너무 많았다. 남편은 늘 암묵적으로 '넌 스스로 벌어서 밥을 먹을 재주가 없다'라는 말을 했다. '이 막강한 자본주의 사회에서 자기가 번 돈으로 먹고 살아간다는 게 얼마나 신성한 일인 줄 알아?' 하며 차가운 얼굴이 되었다. 나 혼자서 살아갈 능력이 없기 때문에 너는 나랑 계속 같이 살아야 한다는 말인지, 기꺼이 살아준다는 말인지 모르지만 그 싸늘한 말투는 가슴을 휑하게 뚫고 지나갔다.

남편의 이런 말을 들을수록 나는 열패자가 되어가고 있었다. 그 끈끈한 저주의 말들을 이젠 씻어내야 했다. 그것도 남편이 자신의 육체적 결함을 숨기고 덮기 위해 나에게 흩뿌리는 그저 얄팍한 학대의 언어일 뿐임을 알고 있었지만 일견 사실이기도 했다.

남편이 이야기하는 밥, 그 밥 때문인지 나는 식당에서 일을 하고 싶었다. 무언가 몸이 부서져라 일하면서 마음을 정리하고 싶기도 했다. 몸을 혹사하면서 머릿속에 진득하게 자리 잡은 오래된 생각들을 모두 뿌리째로 뽑아 깨끗하게 만들고 싶었다.

남편의 집을 나오기 며칠 전, 나는 몽유병 환자처럼 그 동네를 마구 쏘다녔다. 서울에 붙은 1기 신도시라지만 이젠 여느 아파트 단지처럼 고만고만한 가게들은 귀퉁이들이 낡아갔고 거리는 사람들로 소란스럽게 넘쳐났다. 처음 이 신도시에 입주했을 때는 횡단보도에 서서 신호를 기다리는 사람이 나 혼자인 적이 많았는데, 지금은 누군가와 어깨를 부딪치며 건너야 했다.

식당에서는 직접 문 앞에 구인광고를 붙인다는 생각에 무작정 중심 상가로를 걸었다. 언젠가 맛있게 돌솥비빔밥을 먹었던 식당 앞에 마침 아줌마 구함이라는 종이가 붙어 있었다. 그 유리문 안의 세상이 나에게 신천지를 약속하기라도 하듯 유혹적이었다. 선뜻 들어선 나는 단숨에 말해 버렸다.

"저, 사장님…… 저기, 저 종이요……"

주인아줌마는 나의 아래위를 한눈에 훑어보더니, 난색을 표했다.

"아휴, 뭔 낭만으로 알고 와서는 하루도 일 못해요. 저 무거운 그릇들 안 보여요? 뜨거워서 집게로 집어서 손님상에 올려야 하는데, 그렇게 가늘어빠진 손목 가지고는 점심시간 한나절도 못 버텨요."

완곡한 거절을 한 주인 여자는, 내 나이로는 손님을 직접 상대해야 하는 홀에서 일하기가 어렵다는 귀띔을 해주었다. 한 살이라도 젊은 여자가 홀에서 일을 해야 동네 아저씨들이 점심밥을 먹으러 온다는 엄연한 생활진리를 나만 모르고 있었다. 이렇게 길거리를 지나가다 구인쪽지를 보고 들어가서는 내가 원하는 일

자리를 구하지 못한다고도 말했다.

그 식당을 나와 기둥에 비친 내 모습을 쳐다보았다. 여자가 사라진 여자의 얼굴, 물기 없는 얼굴과 160cm가 채 되지 않는 왜소한 체격, 내가 봐도 일꾼하고는 거리가 멀었다. 그러나 나는 한사코 몸을 쓰는 일을 해서 몸에 가득 쌓인 퇴적층을 걷어내고 싶었다.

돌솥비빔밥집 주인아줌마가 가르쳐 준대로 알바천국이라는 인터넷 사이트를 꼼꼼히 뒤져서 드디어 맞춤한 식당을 찾아냈다. 대학가의 식당들은 아줌마의 나이를 그리 예민하게 따지지 않았다. 대학가의 식당들은 대부분 소규모가 많아서 주인 남자가 직접 요리와 홀 서빙을 하고, 아줌마들은 설거지 위주로 하면서 바쁠 때는 재료 준비를 도우면 되는 곳이 많았다. 나를 고용한 사장의 말처럼 손 빠르고 음식을 해본 아줌마면 되는 조건이었다. 신촌 로터리 부근의 일본 선술집 스타일의 식당이었다.

사장이 주방을 책임지고, 남자 보조가 한 명 일했다. 나는 오전엔 식재료 다듬기를 도와주고, 오후부터는 설거지만 담당하기로 했다. 시급 5,500원에 주 6일 근무, 아침 9시부터 밤 10시까지 일을 하기로 계약했다. 시급 5,500원이면 하루에 7만 원 정도이니, 파출부와 다름없었지만 돈을 번다는 게 급하고 중요했다. 저녁 5시쯤부터 손님이 들어오기 시작했는데, 정말 단 3시간 만에 어깨가 빠지도록 아픈 상태가 뭔지 알게 되었다. 사장은 첫날 돈 1만 원을 주면서 어깨와 허리가 무척 아플 테니 미리 진통제를 먹고 파스를 붙인 다음에 자라고 했다. 나는 파스 냄새 속에 잠들면서 혹사 뒤에 오는 탈진과 소진이 가져오는 쾌감을 느꼈다. 이 정도라면 정말 내 안의 퇴적층들이 빠르게 씻겨나갈 것 같았다.

남들보다 몇 년 빠르게 폐경이 온 게 서글프다기보다 차라리 잘된 것도 같았다. 억지로 얽어매고 있던 고리에서 풀려난 느낌이 들면서 이혼을 빨리 결정할 수 있었다. 남편에겐 혼자 여행을 하고 돌아와 짐정리를 하겠다고 말해두었다. 남편은 마지막 시혜를 베푼다는 듯 당분간 자신이 다른 곳에 살겠다고 말했다.

임신을 기다리며 한숨 속에 생리일을 넘기던 나날들…… 10년이 지나자 나는 아이 갖기를 포기했고, 남편은 불임의 원인을 묻지 않았다. 나는 정상적인 배란과 생리일을 맞고 있었으나, 남편은 나와 더 이상 잠자리를 하지 않았다. 남편과 나 사이에는 큰 사막이 생겨났고, 그 사막에선 끊임없이 건조한 모래바람이 불어왔다. 모래바람은 사막을 점점 넓혀가게 만들고, 더 거친 모래바람이 늘 불어왔다.

나는 남편의 집을 나와서 머뭇거리지 않고 바로 이 집으로 왔다. 이 집이 언제든 돌아갈 수 있는 든든한 성채처럼 버티고 있어준 게 다행이었다. 재건축을 앞두고 이주가 시작된 아파트 단지는 사람들의 온기가 거의 사라지고 누더기를 걸친 듯 을씨년

스러웠다. 겨울 잔설이 바람에 날려 흩어져 갔다. 그래도 최종 퇴거일까지 공동전기를 끄지 않아서 다행이었다.

'서울, 강남— 그 최고의 중심지에 우리들의 새 보금자리가 들어섭니다.'라는 하얀 현수막이 하늘을 크게 가로질러 펄럭대고 있었다. 사람들의 상상력은 이 누추한 단지 모습에서 새 아파트를 그려낼 수 있는지, 가끔 마주치는 주민들의 표정들이 밝았다. 나는 몇 년에 한 번씩 전세 입주자가 바뀔 때마다 상가 1층에 있는 부동산 사무실에 오긴 했었다.

그 상가엔 내가 어릴 때 다니던 피아노 학원이 있었는데, 선생님은 바뀌었겠지만 최근까지도 피아노 학원이었다. 엄마는 나에게도 음악을 가르치려 했는지 피아노를 배우라고 했는데, 체르니 30번을 끝으로 흥미를 잃어버렸다. 어린시절의 추억들이 모양새를 갖추며 떠오르는 걸 보면 이 아파트가 엄연한 내 고향임에 틀림없었다. 이사를 나간 집들에는 이주완료라고 검은 고딕으로 휘갈겨 쓴 종이가 현관문마다 붙어 있고, 창문에는 검은 테이프로 크게 엑스자가 쳐져 있다.

203호 내 집으로 들어섰다. 불을 켜고 거실 쪽을 흘낏 봤을 때는 정면에 놓여 있는 소파 덕분에 누군가 살고 있는 집 같았다. 전에 살던 신혼부부가 소파는 그냥 놓고 간다더니 정말이었다. 싱크대는 원래 붙박이고, 소파가 있고, 수도와 전기는 아직 들어오니 이대로도 살만 했다. 나는 갈색의 이 낡은 천소파가 마음에 들었다. 그 천소파는 어렸을 때 집안에 놓여있던 것과 모양과 색이 아주 비슷했다. 남들이 다 거실에 검정 가죽소파를 들여놓던 시절이었는데, 엄마는 돈이 없어 싸구려 천소파를 샀다며 잔뜩 화가 났었다.

나는 엄마가 잘살고 있을 거라고 가끔, 아주 가끔 생각해보았다. 엄마를 보면 유일한 자식도 어떤 여자에게는 별스런 존재가 아닐 수도 있다는 생각이 들었다. 엄마는 아버지가 암으로 죽고 나서, 마음도 달랠 겸 미국에 사는 친구를 만나고 온다더니, 재혼상대까지 구해서 미국으로 아주 가버렸다. 그때 엄마의 나이가 지금 내 나이와 거의 비슷했다. 아직 어떤 욕망들은 포기하지 못할 나이임을 알게 되었을 때부터 나는 엄마에게 너그러워졌다.

엄마는 음대 성악과를 나왔지만, 별다른 활동도 못해보고 결혼해서 모범생인 아버지와 사느라 '답답해, 답답해'를 늘 후렴구처럼 달면서 미간을 신경질적으로 좁히곤 했다. 엄마가 조금 꾸미면 눈에 띄게 화려한 외모라 아버지는 그걸 싫어했다. 엄마는 대학교 때 무대에 서면서 배운 화장법으로 화장하길 좋아해서 수수한 화장은 아예 화장이 아니라고 여겼다.

엄마는 이 아파트에 살면서도 늘상 자기가 살 곳이 아니라고 생각했다. 결혼 7년 만에 장만한, 그 당시로서는 최신식 아파트였는데, 처음에 살 때 대출을 너무 많이 받은 게 화근이었다. 월급쟁이 아버지는 매달 갚아야 하는 원리금에 힘들어 하면서도 자기 집이라 이사를 가지 않아도 된다며 만족했는데, 엄마는 아직 멀었다는 태도였다. 엄마가 가진 욕망의 층위는 높기도 했다. 그러나 묘하게도 내가 전문대학의 마지막 학기 등록금을 내고 나서, 집의 대출금도 거의 다 갚아나갈 즈음 아버지에게 폐암이 덮쳐왔고, 손을 쓸 수 없는 말기였다.

엄마는 새 남편의 재력 탓인지 미국으로 가면서 이 아파트를 나에게 남겨주었다. 내 마지막 선물이고, 유산이라고 생각하고 받아둬라, 이 아파트가 어떻게 될진 모르지만 말이다, 라는 말과 함께. 나는 그 시간부터 스스로를 고아로 생각해왔다. 엄마가 다시 이 땅에 올 일은 없을 것 같았다. 나는 겨우 들어간 지방의 전문대 유아교육과를 졸업하고 유치원 보조교사로 일하게 되었다. 나는 아파트를 전세로 주고 유치원 부근의 원룸으로 옮겨 살다가 결혼했다. 남편에게 엄마의 존재도, 아파트의 존재도 가르쳐주지 않았다.

나는 엄마의 새 남편이 돈이 많아서 엄마의 화려한 속성을 만족시켜주는 게 퍽 다행이라고 여기기로 했다. 가끔 들려오는 소식에 의하면 엄마는 뉴욕의 메트로폴리탄 무대에서 공연하는 오페라를 감상하면서 일급 관객의 위치를 즐기며 산다는 것이었다. 이루지 못한 성악가의 꿈을 그렇게나마 풀고 사는 게 좋을 것이다.

언제나 엄마를 생각하면 아버지가 출장을 갔을 때 빨갛게 매니큐어를 칠했다가 아버지가 돌아오시기 직전에 무너질듯 아쉬운 표정으로 지우곤 했던 표정이 떠올랐다. 엄마의 새 남편이 몇 살인지는 모르지만, 엄마가 계속 매니큐어를 바르며 살 수 있게 해주면 고마울 뿐이다.

이제 70줄에 들어선 엄마지만 분명 매니큐어와 립스틱, 턱까지 늘어지는 귀고리를 포기하지 않았을 것이다. 화려한 장식은 남자에 대한 교태가 아니라 엄마가 가진 성정의 본질에 가장 가까운 속성이었다. 빨간 매니큐어를 입술바람으로 후후 불어가며 말릴 때, 엄마의 얼굴에 떠오르던 그 나른한 희열을 나는 아직도 뚜렷하게 기억하고 있었다.

엄마에겐 자신의 기대만큼 공부를 잘하지 못하는 딸, 낡은 아파트, 이 모든 것이 다 성에 차지 않았을 것이다. 허물을 말끔히 벗고 다음 단계로 도약을 하듯, 남김없이 던지고 미국으로 가버렸다. 바로 내 나이에……

셋째 날 밤에도 색소폰 소리는 여전히 들려왔다. 700가구가 넘는 아파트 단지에 이젠 몇 가구만이 불을 밝히고 있어선지 하늘은 더 어둡고 더 넓고 높았다. 색소폰 소리가 곧장 하늘로 가 닿을 것 같았다. 아! 윗집에 가보아야 하는데, 그러다가 스르르 잠에 빠져들었다. 결혼생활 20년 동안 매일밤 시달린 불면이 엄청난 거짓이기라도 한 듯이 나는 날마다 혼곤한 잠에 빠져들었다. 얼마나 달게 잤으면 그 힘든 식당 설거지를 한 몸이 날마다 조금씩 가벼워지고, 날마다 조금씩 젊어지는 것 같았다. 나는 지난 20년간 타인의 집에서 잠을 잔 것일까 하는 의구심이 들었다.

전문대학을 졸업했을 때는 처음이라 유치원 보조교사로 일을 했지만, 10년 전 아이 갖기를 포기하고 38살이 되었을 때는 사실 정식 교사도 가능했다. 그런데 막상 유치원에 가서 아이들을 돌보게 되자 나는 허둥대고 말았다. 내 아이가 없어서 주지 못한 사랑을 맘껏 퍼부으며 잘 돌볼 줄 알았는데, 나는 사랑을 주는데 미숙하고 굼뜬 존재였다. 온몸이 붓고 신열에 들떠서 2주일 만에 유치원을 그만 두었다.

그러나 이젠 낮에 식당에서 하루 종일 일하느라 퉁퉁 부은 발과 손을 가지고 이 집으로 돌아오는데, 얼마나 달게 자는지, 아침이면 부기가 쏙 빠져 있었다. 아침이면 사라지는 게 또 한 가지 더 있었다. 색소폰 소리였다. 하긴 색소폰이라면 당연히 노을이 질 때나, 밤하늘에 울려 퍼져야지, 아침이면 우습기도 할 것 같았다. 아침이 오면 말짱하게 아무 소리도 나지 않았다.

나는 이 집에 온 지 5일째 되는 날 아침 윗층으로 올라가는데 성공했다. 게다가 마침 분명 사람이 있는 듯한 소리가 나고 있었다. 밤에 남자를 만나러 가는 게 내키지 않아, 식당에 출근하기 전에 아침에 찾아가볼 요량이었다. 3층 집의 현관문이 조금 열려 있었다. 초등학교 4학년이나 5학년 정도로 보이는 소녀가 무언가 찾다가 나와 눈이 마주쳤다. 아직 겨울 추위가 다 가시지 않은 2월 말인데, 소녀의 옷은 달랑 파랑색 트레이닝복 차림이었다. 긴 단발에 큰 눈을 가지고 있는 소녀는 여자로 피어나기 직전의 꽃망울처럼 보였다.

"넌 누구니? 왜 여기에 있어? 여긴 어떻게 들어왔지?"

나는 예상이 어긋난 데 스스로 놀라 큰소리로 다그치듯 질문을 쏟아냈고, 얼굴 가득 울음이 담긴 소녀는 대답을 하지 않았다. 나는 누군가 이 집에 어른이 있나 싶어 집안을 둘러보았다. 색소폰을 부는 남자는 어디로 갔나 하고. 그러나 벌써 오래전에 이사를 간 듯 가구가 빠져나간 자리들 위로 뽀얗게 먼지가 더께로 쌓여 있었다.

"아줌마, 이 집 제가 살던 집이에요."

"그래? 너도 여기 살았었구나. 아줌마도 어린 시절 바로 아랫집에 살았거든."

"세 달 전까지 여기 살았어요. 여기 새로 아파트 지으면 다른 친구들은 도로 여기 세워진 최신식 아파트로 들어와서 산다는데……"

"넌 아니야?"

"아줌마, 우리집 망했대요. 이 집도 벌써 팔았고, 강원도 어딘가 시골로 가야 한대요. 전, 시골 싫어요. 학교도 새로 다녀야 하고 친구도 새로 사귀어야 하잖아요. 실은 아빠가 더 걱정이에요. 회사 다니다가 표고버섯 농사를 어떻게 해요?"

소녀는 그 말을 하면서 기어이 눈물을 떨구었다.

"이제 내일이면 시골로 가야 해서 이 집에 한번 와 봤어요. 엄마 말이 전 이 아파트에서 태어났대요. 태어난 곳이 고향이잖아요. 전 그럼 이 아파트가 고향이네요. 책에서 보면 사람들이 나이가 들면 막 고향을 그리워하고 그러던데, 저도 그럴까요?"

"그렇구나, 고향…… 아줌마도 어렸을 때 이 아파트에 살았으니까 여기가 고향이구나, 너랑나랑 고향이 같구나."

나는 엄마와 같이 살 수 있는 너는 그리 슬픈 상황이 아니라고 소녀에게 말해주고 싶었지만, 태어나서 처음 맞는 이별 앞에서 비탄에 빠진 소녀에게 인생의 비밀을 그리 앞질러 가르쳐줄 필요는 없는 노릇이었다. 실컷 슬퍼하다가 현실에 반발하면서 성숙하거나, 적응하면서 체념을 배울 터였다.

"너, 다시 고향에 올 수 있어. 아줌마는 이 집이 새로 지어지면 들어와서 살 작정이야. 3년쯤 걸리는데 그때는 너도 중학생이 될 테니까 혼자서 여기 찾아올 수 있겠지?"

소녀는 무언가 조금 안도하는 얼굴빛으로 바뀌더니 그러겠다고 고개를 끄덕였다. 나는 소녀와 같이 1층 현관으로 내려와 소녀를 배웅했다. 낡은 세계를 떠나지만 아름다운 세계로 가지 못할 소녀의 어깨는 비스듬히 내려앉아 있었다.

소녀를 만나고 온 그날 밤, 나는 이 집에 온 뒤 처음으로 쉽게 잠들지 못했다. 낮에 주방에서 설거지를 하면서도 몇 번인가 접시를 놓칠 뻔했다. 주로 멜라민 접시라 놓친다고 깨지지는 않겠지만 세제 범벅이라 떨어지면 주방 바닥이 엉망이 되었다.

그 소녀의 울음 가득한 얼굴은 어린 나와 꼭 닮아 있었다. 초등학교 5학년 때, 처음 부산 해운대로 가족이 여름휴가를 가게 되었고, 아버지는 회사일을 잘해서 부산행 비행기표도 보너스로 받았다고 했다. 나는 생전 처음 비행기를 타게 되어 기대감에 들떠서 정신이 없었다. 김포공항은 넓기도 했다. 아버지가 탑승수속을 하느라고 항공사 카운터로 가고 나는 엄마와 의자에 앉아 있는데, 엄마가 화장실에 다녀온다며 가버렸다. 옆자리에는 책에서 본 예수님처럼 눈이 파랗고 턱 주위로 수염이 조금 난 남자가 앉아 있었다. 나는 생전 처음 실물로 백인을 본 터라 신기해서 빤히 쳐다보았다.

그러자 옆자리에 있던 백인 남자가 뭐라고 하면서 내 손을 잡고 가볍게 어깨를 토닥토닥했다. 분명 귀엽다는 표시일 뿐이었다. 크면서 재해석을 해보아도 그 의미가 나쁘게 더 확대할 여지는 없었다. 그 남자의 눈이 너무 파래서 검은 눈동자에 익숙한 내가 표정을 잘못 읽었는지도 모르겠다.

그러나 여름이라 반소매 셔츠를 입은 그 남자의 팔뚝에 난 무성한 털들, 햇살에 비친 노랗고 투명한 털들, 아직도 그 털들이 내 목젖을 간질이는 것 같았다. 그 남자가 내 어깨를 토닥일 때 끼쳐오던 살냄새가 향수냄새인지 숨결냄새인지 모르지만 나는 순간 몽롱해지고 말았다. 뱃속을 어떤 예리한 선이 찌르르 지나가는 듯한 느낌이 들었다

나는 엄마 아버지가 그 모습을 보았을까 걱정하느라 비행기를 타기 전에 화장실에 가야 할 시간을 놓쳐버렸다. 그냥 비행기에 탄 나는 소변이 점점 차올랐지만 비행기 안에 화장실이 있다는 사실은 몰랐다. 스튜어디스가 사탕을 고르라고 바구니째로 주고, 오렌지 주스도 주었지만 한 모금도 먹을 수가 없었다. 결국 나는 자리에서 소변을 보고 말았다. 반소매 원피스의 치맛단을 넓게 펼쳐서 번져오는 소변 자리를 덮고 태연해지려 애썼다. 생전 처음 비행기를 타는 딸을 위해 창가 자리를 내준 아버지는 신문을 보다가 잠들었다. 통로 쪽에 앉아서 다행히 먼저 내리게 된 아버지가 자리에 남겨놓은 신문지로 내가 앉았던 자리를 덮어놓고 재빨리 자리를 떴다. 호텔로 와서도 비행기 좌석표로 탑승자를 추적해서 나를 찾아올 것만 같았다.

결혼한 지 5년이 지나도록 아이가 생기지 않자 아무런 일도 하지 않고 아이를 기다리는 일에 난 지쳐갔다. 그런데도 남편은 결코 같이 불임 원인 검사를 받으려 들지 않았다. 오히려 남편은 나를 점점 멀리했다. 내가 배란기가 되어 몸이 불같이 뜨거워져서 밤새 뒤척여도 남편은 결코 나를 품지 않았다. 석녀에게 자신

의 정기를 주기 싫다는 태도였다. 나는 그런 날이면 수치심과 분노로 눈물을 흘리면서도 그 침대를 빠져나오지 못했다. 내가 석녀가 아니라 자신이 불임의 원인임을 알고 있으면서, 현실을 거부하고 암묵적으로 나에게 뒤집어씌우는 남편의 얄팍한 위선이 슬프기도 했다.

그런 날 밤에는 꼭 그 백인 남자와 섹스를 했다. 누군지도 모르는 남자와 섹스에 열중하다가 언뜻 눈을 뜨고, 자신의 몸을 누르고 있는 남자의 얼굴을 보면 언제나 그 백인 남자였다. 뜨거운 꿈의 말미에는 얼핏 서늘하게 현실감이 밀려오고, 죄의식에 이건 아니야 하고 거의 소리치듯 깨어나 보면 꿈이었다.

나는 7일째 되는 날 오후, 식당에서 잠시 쉬는 시간에 커피를 진하게 여러 잔 마셨다. 초롱한 정신으로 윗집에 가보려면 오늘 밤만은 잠에 곯아떨어져서는 안되는 것이다. 오늘은 몰려드는 잠을 이겨내고 저 윗층에 가보리라. 이젠 3층이 아니라 4층이었다. 그날 밤, 나는 작은 손전등을 켜고 계단을 올랐다. 소녀를 만났던 바로 윗집은 문이 굳게 닫혀 있었다. 소녀는 강원도 시골에서 학교를 잘 다닐까? 그 정도 똑똑한 아이라면 금방 적응할지도 모르겠다고 생각했다. 한 층을 더 올라가자 색소폰 소리의 진원지에 근접한 게 확실한 듯 낡은 문틈으로 소리가 새어나오고 있었다.

나는 처음에 문을 살며시 두드렸다. 음이 끊겼다고 생각한 순간을 잡아 문을 두드렸지만 안에서는 답이 없었다. 나는 다시 세차게 문을 두드렸다. 마치 그 문 안으로 들어가야 할 절박한 이유라도 있는 듯이 손길을 멈출 수가 없었다.

색소폰 소리가 끊기고 문을 여는 순간, 쏟아져 나온 밝은 빛 때문에 나는 흠칫 한 발 물러났다. 내가 서 있는 계단이 너무 어두워서 더 그렇게 느껴졌다. 어둠과 다른 빛의 세계, 거기에 그런 곳이 있었다. 그리고 한 여인이 그 불빛 가운데 서 있었다.

은빛 머리칼이지만 하도 풍성해서 여인의 나이를 짐작할 수가 없었다. 60살에서 70살 사이로 보이기는 했다. 엄마와 나이가 비슷할 것도 같았는데 외양은 내가 상상하는 현재의 엄마와 정 반대였다. 검은 머리 흰머리가 골고루 섞인 풍성한 은발을 짧게 자르고 귀에는 딱 달라붙는 푸른색 귀고리를 했다. 나는 할머니라고 할까 어르신이라고 할까 망설였다.

"저…… 색소폰 소리 여기서 나는 거 맞지요?"

사실, 물어볼 필요도 없이 그 여인의 손에 색소폰이 쥐어져 있었다. 황동 특유의 노란색으로 빛나는 색소폰을 쥔 그 여인은 먼 나라에서 온 듯 이국적이면서도 당당해 보였다.

"시끄러워서 온 건가요? 같은 계단을 사용하는 우리 줄 열 가구는 이젠 다 이사 가고 아무도 살지 않는다고 알고 있었는데."

"아뇨, 전 그냥 색소폰 소리에 이끌려서 온 거구요. 참, 이층에 살아요."

"이층이라구요? 이층에는 젊은 부부가 살았는데요? 난 여기서 계속 살아서 잘 알아요."

"네, 맞아요. 전세를 주었던 거구요. 이층은 제 집이랍니다. 잠깐 와봤어요. 어렸을 때 이 집에 살아서 그런지 한번 와보고 싶었답니다."

내 집이라는 말에 당당한 권리가 실리며 힘이 주어졌다. 그제야 여인은 내게 들어오라는 말을 했다. 집안은 곧 이사를 나갈 집 같지 않게 정갈했고 가구며 짐들도 다 제자리에 그대로 있었다.

"6개월이 총 이주기간이니까 아직 불법거주는 아니랍니다. 이제 딱 일주일 남았네요. 안 그래도 내일부턴 자질구레한 짐은 좀 싸기 시작하려던 참이었어요. 요즘 포장이사라 딱히 할 일도 없네요."

아, 여기서 살 수 있는 기간이 일주일밖에 남지 않았다니…… 나는 정확한 최종 퇴거일자를 모르고 있었다. 그러고 보면 세입자도 어지간히 마지막까지 버틴 셈이다. 내 소유의 통장에는 돈이 없었지만, 건설사에서 새집이 완공될 동안 집주인들이 가 있을 집에 대한 이주비가 나와서 그 돈으로 전세금을 해줄 수가 있었다.

"이건 남편이 남겨놓고 간 색소폰이랍니다. 남편이 살아 있을 때는 동호인 클럽이 있어서 거기서 주로 배우고 가끔 조그맣게 연주회를 하곤 해서 들으러 갔었어요. 여자들이 직접 색소폰을 부는 경우는 별로 없지요. 나도 남편의 유품을 정리하면서 어느 날 우연히 한번 불어보다가 소리가 너무 커서 깜짝 놀랐어요. 나도 이곳의 집들이 거의 다 이사 나가기 전에는 낮에 노래방에서 혼자 연습을 하곤 했답니다."

여인은 오래전부터 나를 알고나 있었던 듯 스스럼없이 말했다. 그 여인의 호의는 딱 두 집밖에 남지 않은 주민이란 연대감 때문이라고 치더라도 나에게 고여오는 이 돌연한 편안함은 무엇일까.

"이 색소폰 한번 배워 보실래요? 그렇게 어렵지는 않아요."

곧장 색소폰 배우기를 권하는 그 여인의 말에 나는 자신이 연극무대 안에 들어와 있는 것 같았다. 그러나 같이 오래 연습을 하고 무대에 선 듯 낯설지 않고, 다정하게 대해 주는 여인 때문에 애초에 가졌던 옅은 경계심마저 사라져갔다.

"색소폰은 사람의 목소리와 가장 많이 닮아 있어요. 그래서 그런지 중년 남자들의 버킷리스트에 색소폰 배우기가 들어 있다잖아요."

버킷리스트…… 죽기 전에 꼭 해야 할 일이나 하고 싶은 일의 리스트를 말한다. 나는 자신의 버킷리스트가 뭐였나, 한 번도 생각해보지 않았다. 아이를 가지고 싶다는 열망이 버킷리스트의 첫 번째 목록이었을까. 그 희망은 이제 제외시키기로 한다. 유전자를 물려줄 본능을 만족시키려 했으면 진작 다른 남자를 찾았어야 했다. 지금까지 못 이룬 것보다는 앞으로 할 수 있는 것들 중에서 생각해보자. 어린 시절 엄마가 "너는 커서 뭐가 되고 싶니?"라고 물었을 때, 잠시 혼란스러웠던 적이 있다. 어떤 직업을 얘기하는지, 어떻게 살고 싶다는 삶의 태도를 얘기하는지 몰랐기 때문이다. 지금도 그렇다. 나는 뭐가 되고 싶을까, 뭐가 하고 싶을까.

여인은 재차 물었다. 나는 색소폰을 배우고 싶은 마음이 없었다. 그런데 이 집에 다시 올 이유를 만들려고 나는 색소폰을 배우기로 작정한 사람처럼 되물었다.

"이 아파트의 완전 이주가 앞으로 일주일 남았는데 배울 수 있을까요?"

이주 시기가 법적으로 끝나면 누구도 드나들 수 없게 된다. 빈집에 있다가 순찰대원에게 발각되면 법적 처벌을 받게 된다.

"뭐, 제대로 된 소리야 어렵겠지만, 그렇게 쉬우면 뭐든지 재미가 없지요. 그렇다고 난공불락이라 포기하고 싶을 정도는 아니에요. 쉬운 곡 하나를 잡아서 감정을 싣는 연습을 하면 차츰 제 소리 내는 방법을 체득하게 돼요. 참, 이런 땐 배운다는 표현보다 체득이란 표현이 어울려요."

첫날밤에는 그렇게 물러나왔지만 흰머리 여인은 깊숙이 내 마음에 들어와 앉았다. 두 번째 밤에는 누군가 나를 기다린다는 설

렘을 가지고 집에 들어와 설거지물 냄새가 밴 옷만 갈아입고 4층으로 올라갔다. 여인은 늦은 밤에 어울리는 캐모마일 차를 준비해놓고 나를 기다렸다.

"웃기게도 이것도 악기라고 악보를 보며 곡에 감정을 실어 연주 연습을 하다 보니까 사람도 장조의 피가 흐르는 사람과 단조의 피가 흐르는 사람으로 구분해서 보게 되더라구요. 아마도 그쪽은 단조의 피가 흐르는 사람?"

그러면서 여인은 슬며시 웃었다. 그렇다, 난 어렸을 때부터 단조의 피가 흘렀을지도 모르겠다. 좋은 대학을 나온 화려한 엄마에게서 태어난 공부 못하는 딸이라니, 게다가 난 아버지를 닮았는지 화려한 것들이 싫었다.

내가 중학생이 되어 처음 중간고사 성적표를 받아왔을 때, 엄마는 이미 공부에 관한 모든 것을 포기해 버렸다. '성격이 내성적이라 혼자서 하는 공부는 좀 할 줄 알았는데 욕심도 진짜 없구나' 하는 싸늘한 말뿐이었다. 나처럼 공부 못하는 다른 친구는 딸의 성적에 속이 뒤집힌 엄마한테 세탁소 옷걸이로 종아리에 피멍이 들도록 맞았다고 했다. 나는 딸의 일에 이성을 잃는 그런 엄마를 둔 그 친구가 부러웠다.

여인의 집안에는 어제와 다르게 짐이 조금 꾸려져 있었다.

"짐을 꾸리다 보니까 커다란 것들은 내가 어쩔 수 없는 게 많네. 인생도 그런 거 같아요. 작은 것들은 내가 스스로 꾸릴 수 있는 저 짐들처럼 어떻게 해보겠는데, 덩치가 큰 것들은 내 힘으론 못 움직이지."

나는 그런 걸 우리가 운명이라고 하지요, 라고 덧붙이려다가 주제넘은 것 같아 그만 두었다. 짐정리를 하다가 나온 모양인지 몸체에서 빛이 사라져버린 작은 색소폰이 한구석에 있었다. 나는 그 색소폰이 내 몫으로 준비된 것인 듯 들어보았다.

"그 색소폰 줄 테니까 한번 배워 볼래요? 나한테 배우라는 게 아니고, 한 1년 동안 학원에 다니면서 배워 보세요. 이게, 은근히 치유 능력이 있어요."

나는 배울 마음도 없으면서 또 고개를 끄덕였다. 나는 여인이 나를 위해 준비해둔 따뜻한 차를 마시며 이 집에서 자고 싶다는 생각을 했다. 여인이 아주 작은 소리로 나만을 위해 색소폰으로 자장가를 불러주면 좋겠다는 돌연한 열망이 휘감아왔다. 나는 그 열망을 말하지 못하고 그냥 오늘밤도 연주를 하느냐고만 물었다. 나는 잠시 후 내 집의 낡은 소파에서 여인의 색소폰 소리를 들었다. 초라한 요람을 흔드는 낮은 색소폰 소리는 나를 아기처럼 잠들게 했다.

일요일, 드디어 우리들의 마지막 밤이 되었다. 서로가 이 아파트에서 나간다는 사실을 알고 있지만 어디로 가는지 묻지 않았고, 이 집에 다시 돌아올 것인가만 궁금했다. 마음이 통했는지 여인이 먼저 물었다.

"댁은 이곳에 새집이 완공되면 여기 들어와서 살게 되나요?"

나에게 멋진 새집이 생긴다는 걸 여전히 믿을 수가 없었다. 엄마를 용서해주고 싶은 마음조차 들었다.

"어르신은 여기 들어와서 살 계획인가요?"

"글쎄, 내 형편에 강남 한복판에 있게 된 새 아파트를 유지하며 살 수 있을지 모르겠네. 하긴 내 나이에는 아파트 모기지론이라고 연금처럼 달마다 돈을 주는 방식도 있다니 살 수는 있을 거야. 우리 한번 같은 아파트에서 살아볼까요."

이 아파트를 허물고 새 아파트가 완공되는 3년 후까지 중간에 팔아치우는 일만 없으면 가능한 소망이다.

"전, 여기가 고향이에요. 아마 3년 후에 여기 와서 살 거예요."

"자, 그럼 우리 화려한 재회를 꿈꾸며 마지막 연주를 해봅시다. 한번 목에 걸고 부는 시늉이라도 내봐요."

여인은 번쩍이는 색소폰을 목에 걸었다. 나는 구석에 있던 예의 그 좀 작고 더 낡은 색소폰을 따라서 목에 걸었다. 여인은 내가 맨 색소폰에 새 마우스피스를 끼워주었다. 나는 곧 무언가 소리를 내고 연주를 할 것만 같았다. 조심스레 키를 눌러도 생각보다 큰 소리가 났다. 여인은 '봄날은 간다'의 연주를 시작했다. 자신의 가버린 봄날에 대한 회한을 목소리로 풀어내는 것 같았다.

나는 잘하는 연주의 기준만은 알고 있었다. 악기를 즐기고 있는 연주자의 세계로 타인을 끌어들이는 능력이 곧 연주 능력이었다. 그런 기준이라면 여인의 연주는 매혹을 넘어서 관객과 혼연일체를 이루게 해주었다. 나는 그 여인과 같이 색소폰을 부는 것 같았다. 몸짓과 얼굴 표정, 손가락으로 흉내만 낼 뿐인데도 온몸 가득 땀이 흘렀다.

밤하늘에 번져가는 색소폰 소리처럼 나는 자신이 확장되는 느낌이 들었다. 무한대를 향하여 달려갈 수 있다는 충일감이 차올랐다. 밤하늘이 밤바다로 바뀌었다. 밤바다에서 수영을 해서 수평선 너머까지, 한 번도 가본 적이 없는 곳으로 거칠게 온몸으로 나아가기 시작했다.

잠든 정원으로부터

정원을 한 바퀴 돌아보았다. 봄을 맞은 땅은 이미 말랑해져서 웅크리며 얼었던 뿌리들이 땅속에서 새로이 돋아날 시간을 기다리며 훈훈한 흙냄새를 피워 올렸다. 나는 엄마 없이 맞이하는 첫 번째 봄인 지금, 이 정원을 어떻게 대우해주어야 할지 아직 결정하지 못했다. 지난 늦가을 엄마가 다치기 전에 볏짚으로 단단히 갈무리해 놓은 장미의 대궁과 수국의 뿌리들이 이제 속에서 깨어나려 하는 참이었다. 엄마는 물과 거름을 주는 시기를 놓치는 법이 없었다. 장미와 수국을 위주로 엄마가 가꾸었던 이 정원은 주인의 손길에 화답하듯 늘 꽃들이 제때를 알아서 올라오고 유난히 화사한 색들로 피어났다. 초록의 넓은잎을 다 떨군 수국이 죽은 듯이 앙상하다가 작은 촛불 같은 싹눈을 가지고 월동을 하고 다시 파릇해지는 생육과정은 경이롭기도 했다. 엄마는 80살이 넘으면서부터 유난히 다시 살아나는 봄날의 정원에 오래 머무르길 좋아했다. 마침내 5월이 와서 장미가 피고, 6,7월에 걸쳐 붉고 푸른 갖가지 색의 수국이 정원에 가득 차면 도로 젊어진 듯 황홀해 했다.

그러나 나는 이제 엄마와 함께 살았던 상가주택과 정원을 떠난다. 그것도 결혼과 함께 떠난다. 상가주택은 5층짜리 건물로 1층에는 편의점과 일본 라멘집, 2층부터 4층까지는 태권도 학원, 다단계업체 사무실, 피부관리실 등이 현재 전월세로 들어 있었다. 가끔 월세를 밀리는 경우는 있지만 공실이 나지 않는 강남 한복판 영동시장 근처라 정말 엄마는 부자할머니로 불릴 만했다. 그러나 건물주가 직접 살아야 관리가 제대로 된다는 바람에 전혀 아늑하지 않은 그 상가의 꼭대기인 5층을 살림집으로 꾸며 놓고 살고 있었다.

요양병원의 주차장에 차를 대고 엄마가 있는 병원 건물 2층으로 가는 발걸음은 왠지 늘 무거웠다. 경기도 초입에 위치한 이 요양병원은 집에서 차로 30여 분이면 도착할 수 있어 비싼 입원비를 낼 만도 했다. 3개월 전 엄마가 큰 사고를 당하고 대학병원에서의 수술 이후 이 요양병원으로 옮겨왔을 때는 주중에 한 번 주말에 이틀을 왔지만 지금은 완전히 강의가 없는 주말에만 방문했다. 나는 간병인 박 여사가 엄마의 기저귀를 갈아주는 타이

밍이 아니길 바라며 병실 문을 열었다. 엄마는 기저귀를 가는 모습만은 보여주기 싫어해서 그 장면에서는 나를 병실 밖으로 나가게 했다. 매 주말 이틀간 엄마를 찾아오면서도 매번 엄마가 잠들어 있기를 바라는 심정이었다.

엄마는 장엄한 아침 햇살 아래 앉아 있었다. 따스하게 만물을 소생시켜주고 생명을 키우는 햇살마저 그 고유의 의미를 잃는 곳이 요양병원이다. 밝은 햇살은 엄마의 얼굴을 덮은 주름과 병색만을 더욱 도드라져 보이게 할 뿐, 이제는 한 줌의 생기도 더해주지 못하고 만다. 그 어떤 것도 엄마의 생을 소급해서 활기차게 할 수는 없다. 처음 이 병원에 들어왔을 때 휠체어에 앉은 엄마를 보며 간병인 박 여사가 오랜 경험에서 나온 정언명령처럼 말했다.

"걷지 못하는 사람은 다시 집으로 돌아가지 못해요."

그래도 다시 걷겠다며 재활치료를 받는 엄마에게 그 말은 하지 말아달라고 부탁했다. 엄마는 이곳에서도 위엄을 지키려고 애썼다. 개인 간병인을 두고 꼭 1인실에 있어야 하는 고귀한 존재였다. 6인 공동실에서 공동 간병인을 두는 것은 자신의 위엄과는 맞지 않는 일이라고 여겼다. 물론 돈이 많은 엄마가 6인실에서 공동 간병인을 두어야 한다고 생각하진 않았지만 의식이 멀쩡한 사람은 심심해서 부러 6인실을 쓴다는데 엄마에겐 어림없는 일이었다. 입원 초기에 엄마는 섬망에서 깨어나 정신이 돌아올 때마다 집으로 돌아가면 안 되겠냐고 매달리다가 뜨끈한 소변을 자기도 모르게 누고, 자신이 찬 기저귀를 자신이 스스로 갈 수 없다는 상태를 깨닫고서야 상체를 병상에 불만스레 눕혔다. 나는 상하체가 분리된 고무로 만든 고물 인형을 보는 느낌이었다. 엄마의 하체는 고관절과 허리뼈를 조각조각 이어 붙인 상태라 의지대로 한 발짝도 설 수는 없지만 상체와 의식은 멀쩡해서 관장하는 주체가 다른 몸이었다.

엄마는 우리집으로 오르는 계단에서 넘어져 밑으로 구르며 대퇴부 골절이 왔고 골반이 조각나서 수술은 성공적이었지만 스스로 일어설 수는 없는 상태였다. 저녁 무렵에 내가 집으로 오르다가 층계참에 쓰러져 있는 엄마를 발견하지 못했다면 비참한 모습으로 생을 마감할 뻔했다. 나동그라지면서 가방을 놓쳐 전화를 할 수도 없었고 바로 아래 4층 사무실은 퇴근 후였고 1층까지 신음소리가 들리지는 않았다.

나는 여느 토요일 오전처럼 집에서 만들어온 반찬 몇 가지를 냉장고에 넣으며 엄마를 흘깃 쳐다보았다. 방에 들어오면 엄마에게 먼저 다가가 자고 있지 않으면 손이라도 잡고 인사를 하곤 했지만 오늘은 냉장고에 먼저 반찬을 넣으며 잠깐의 시간이라도 벌어볼 심산이었다. 그 바람에 엄마가 옅은 잠에서 깨어났다. 엄마의 귀는 항상 타인을 향해 있기 때문에 내가 묻혀온 바람만으로도 충분히 깨어날 터였다. 사가지고 온 반찬은 귀신같이 맛을

분별하고 타박을 주기 때문에 엊저녁에 부드러운 가지와 무, 이렇게 나물 두 가지와 달걀 장조림을 만들었다. 병원에서 주는 병원밥만을 먹는 것은 자식이 없는 노인네들이나 할 짓이고 자신은 딸이 있기 때문에 당연히 집에서 만든 반찬을 먹을 권리가 있다고 했다.

박 여사는 "이렇게 미각이 살아있고 잘 잡수시면 못 걸어도 병상에서 오래 사실 거예요"라고 분명 두 갈래의 뜻을 가진 음색으로 말했다. 엄마는 눈으로 알은체를 하며 오른손을 살짝 들어 나를 반기는 표시를 했다. 나는 좁은 공간이지만 되도록 천천히 엄마에게 다가갔다. 그 짧은 시간이 지연되도록 바랄 만큼, 아니 엄마가 누워 있는 침상에 끝내 도달하지 않고 싶었다. 엄마를 향해 끓어오르듯 내 안에 가득 찬 말의 무게들이 발을 붙잡고 앞으로 나아가지 못하게 했으면 좋겠다.

그러나 오늘은 꼭 말을 해야 한다. 간병인 박 여사에게 옆방의 친구 간병인에게 다녀오라고 말했다. 박 여사는 뭔 중요한 비밀 이야기를 하기에 자기를 밀어내냐고 하면서도 잠시나마 이 방을 벗어나게 된 게 좋은지 벽거울을 보며 머리 매무새를 만진 뒤 재빨리 밖으로 나갔다.

나는 병상 옆에 서서 엄마의 얼굴을 내려다보았다. 검버섯인지 저승꽃인지가 가득한 엄마의 얼굴은 지난 세월 엄마가 내비쳐온 감정들이 골로 파여져 자리 잡아 고집스런 인상을 주었다.

엄마의 지금 정신상태는 아주 명증하다. 병상의 기울기를 30도 정도 일으켜서 상체는 잘 받쳐졌고 병상 위에 거치된 작은 테이블 위에 두 팔을 올려놓은 채 텔레비전의 리모컨을 제대로 쥐고 있었다. 저 리모컨을 쥐고 텔레비전을 보다가 깨었다 자무룩히 잠에 빠져들었다가 또다시 밥을 먹고 기저귀를 갈고, 상태가 좋은 날은 휠체어를 타고 작업재활교실로 가서 종이접기도 하고 탬버린을 흔들기도 했다. 그러고는 오늘 하루 더 살았다는 안도감에 편안한 얼굴로 또다시 잠에 빠져들었다.

"내가 몇 살이냐?"

이렇게 수시로 물어보았다. 엄마는 자신의 나이를 분명 알고 있었지만 무슨 의도인지 가끔 나에게 물어보는 게 수상쩍었다. 아직도 삶에 대해 숨겨진 의지를 가지고 있다는 건 정신의 명료함으로 칭찬받을 일이 아니라 이젠 징그러운 어떤 집착에 불과했다.

"팔십구 살."

이러면 엄마는 흠칫 놀라는 듯하다가 곧 무언가를 음미하는 듯한 표정을 지었다.

"그렇지 팔십구 살, 나이를 보면 살긴 오래 산 것 같은데……"

나는 철제의자에 앉아 창밖을 내다보며 대수롭지 않게 말하려 했지만 가슴이 쿵쾅거리고 목구멍에 뭔가 말을 막는 커튼이 내리쳐지는 느낌에 목젖이 부르르 떨려왔다.

"나 결혼해요."

되도록 감정을 섞지도 않고 엄마의 얼굴도 보지 않으면서 나는 그렇게 뱉어버렸다. 결혼한다는 말을 이렇게 무겁고 어두운 마음으로 말하게 될 줄 몰랐듯 엄마도 나에게서 그런 말을 듣게 될 줄 몰랐을 터였다. 엄마와 의논하지도 않고 동의와 축복의 과정이 생략된 결혼이 자신의 딸에게 가능하리라고 상상해본 적도 없었을 듯하다.

"응? 결혼? 네가 결혼을 해? 무슨 소리야?"

엄마는 딸의 방문으로 느긋해지려던 얼굴을 순간적으로 긴장으로 바꾸며 침대에서 상체를 벌떡 일으켰다. 벌떡이라고 해봤자 조금 어깨가 올라온 정도지만 엄마도 아직 그런 근력이 남아있던 사실을 몰랐던 듯 스스로 조금 놀라는 듯했다. 나는 엄마의 상체를 도로 눕혔다.

"편안하게 들으세요."

나는 두 번 말하기 싫었지만 의연하게 그러나 단호하게 주입시키려는 의도로 다시 한 번 말했다. 내가 머뭇거리는 시간들마다 엄마가 먼저 결정권을 낚아채서 가져갔기 때문에 이젠 다시 빼앗기지 않고 싶었다.

"결혼한다구요, 내가."

엄마는 밥상으로 쓰는 작은 테이블에 리모컨을 떨어뜨리듯 놓더니 물기가 빠져서 손등의 뼈가 고랑처럼 파진 두 손을 모았다.

그러고는 정말이냐는 눈길로 나를 응시했다. 거의 다 내려앉은 눈꺼풀 밑으로 조금 보이는 검은 눈동자가 불안하게 떨리는 게 분명하게 보였다. 오래전에 백내장 수술을 받은 눈동자는 뿌연 회색 유리알처럼 변했지만 순간 반짝 빛났다. 역시 엄마는 초장부터 나의 기운을 빼고 있었다. 엄마는 내가 자신의 의견에 반하는 일을 시도하려 할 때면 늘 나의 자존심을 죽이는 말로 제압을 해서 자신의 의도대로 끌어갔다.

"내가 여기 들어온 지 이제 겨우 석 달째 접어들었는데 그새 무슨 사단이 난 거냐?"

"전부터 만나고 있던 남자예요."

전부터 만나던 남자라는 데서 엄마는 창밖으로 시선을 돌리며 내 얼굴을 외면했다.

"왜 이제 와서 다 늦게 무슨 결혼이냐?"

이제 네가 어떻게 제대로 된 결혼을 한단 말이냐는 뜻이었다.

"그럼 제가 엄마 간병만 하면서 계속 곁에 있어야 속이 편하시겠어요?"

내가 이런 말을 내뱉을 수 있다니 스스로도 예상하지 못했다. 부드러운 표현으로 설득하면서 동시에 통보를 하려 했는데 지난 시간 엄마가 나를 휘저어놓았다는 피해의식이 발동했다. 내가 연애를 할 때마다 시작부터 사주, 관상, 심지어 궁합까지 들먹이면서 모두 마땅치 않아 했다.

"뭐 이젠 너도 번듯한 남자를 고르기 어려울 텐데……"

그렇지요, 아무리 스펙이 뛰어난다 한들 생물학적으로 점수가 한참 깎일 나이니까 그에 걸맞은 상대를 선택한 거예요, 이 말은 삼켰다.

"취미로 하는 사진 모임에서 만났어요."

그다음에 어떤 말로 그 남자 김인석을 묘사해야 할지, 그에 대한 어떤 찬사도 마음을 닫아버린 엄마를 만족시킬 수는 없다는 절망감에 말들이 머릿속에서 엉켜버렸다. 성실한 사람이에요, 키도 크고 어깨도 넓어요, 이런 소녀 같은 말을 할 수도 없고, 성적으로 매력이 넘치고 저랑 아주 잘 맞는 사람이랍니다, 이런 상투어도 모두 위력이 부족했다.

지금 엄마가 결혼식에 참석하려면 휠체어에 앉아야 하는데 나는 엄마가 휠체어를 탄 모습으로 딸의 결혼식에 혼주로 참석하지는 않으리라고 생각했다. 나의 결혼을 받아들이는 시간조차 낯설고 엄마가 그려보던 딸의 결혼식 그림이 절대 아니었으므로, 엄마는 온 힘으로 부정하려 애쓰다가 결국은 혼자서 쓴 약처럼 삼켜야 하리라. 나는 엄마에게 나의 결혼식 날짜를 알려주지 않으리라. 돌아오라는 나의 전화를 받은 박 여사가 방 밖에 나타나자 당부의 말을 해두었다.

"오늘 제가 떠난 이후 엄마가 특이한 행동을 보이면 바로 연락 주세요."

박 여사는 요즘 엄마와 나 사이에서 누가 자신의 월급을 주는 주체인지, 어디에 붙어야 할지 헷갈리는 것 같았다. 어깨와 허리가 투실한 몸피에다 성격이 무던한 그녀가 엄마를 맡아서 다행이면서도 언제 더 나은 대우를 요구하며 변덕을 부릴지 몰라 어정쩡한 갑과 을의 관계를 유지하고 있었다.

엄마의 대지를 한꺼번에 초토화시킬 위력의 폭탄을 투하한 뒤 뒤도 돌아보지 않고 아수라 전장을 떠나는 것 같았다. 그러나 병원에서 멀어지는 것보다 언제나 싫은 병원 특유의 냄새에서 벗어날 수 있는 게 더 다행이었다. 죽음이 예비된 장소의 냄새가 묻어 있을까 봐 옷을 털어 댔다. 보이지 않는 갈퀴가 내 뒷통수를 낚아채지나 않는지 힐끗 뒤돌아 보았다. 그런 순간에도 아무튼 나는 이곳에서 살지는 않는다는 안도감이 주차장으로 가는 발길을 가볍게 했다. 이 병원이 나에게 준 해방감에 비하면 입원비와 간병인비란 큰 비용을 지불해도 전혀 아깝지가 않았다. 박 여사가 언젠가 말했다.

"어머니는 대단하세요. 보통은 빈말이라도 내가 어서 죽어야 할 텐데 라고 말하는데 지난 3개월 동안 한번도 그런 말을 안 하셨어요. 하긴 요양병원에서조차 진정 죽음을 바라는 사람은 없는 것 같아요. 다들 사실은 지금 닥친 고통의 끝만을 바랄 뿐인 것 같아요."

그렇게 간병인으로 숙련된 박 여사지만 허리 아래를 전혀 의지대로 움직이지 못하는 노인의 축 늘어진 몸을 이리저리 굴려가며 3시간 간격으로 기저귀 수발을 하고 나면 한 달에 한 번 정도는 팔목이나 어깨의 통증 때문에 자신도 물리치료를 받아야 한다고 어려움을 토로했다.

물리치료라면 나도 목 디스크 때문에 익숙했다. 바이올린은 왼쪽으로 고개를 틀고 연습해야 하고 중고등학교 때는 보통 하루에 6시간 내지 8시간을 연습하면서 보냈기 때문에 목 디스크는 학업병이었다가 지금은 직업병으로 붙어 있었다. 거기에 더해서 바이올린을 댄 왼쪽 목에는 검은 멍자국이 늘 상처처럼 자리잡고 내가 보내온 시간을 일깨워주었다. 이제 이 상처를 안고 다른 일을 모색하는 게 가능할까. 나는 정상급의 연주가도 되지 못했고 알아주는 대학교의 교수도 되지 못한 처지였다. 서울 근교 대학의 실기전담 교수란 어정쩡한 타이틀에다가 지방 연주회 때 끼어들기 독주회나 합주를 하는 정도였다.

엄마의 열망을 채워주지 못한 딸이라는 자괴감이 엄마에게서 떨어져 나오려는 원심력에 힘을 주었다. 처음 20대 중반에 결혼을 잘했거나 일류 연주자가 되어 세계 각국의 연주 스케줄 때문에 결혼 따위는 안중에도 없는 수준이 되었어야 엄마를 만족시켜주었을 텐데 이제 너무 멀리 와버렸다.

사람들은 흔히 타인이 자신에게 기대하는 바를 이루기 위해 많은 것을 허비하는데 내가 바로 그런 딸이었다. 엄마는 다섯 살에 내게 바이올린을 주며 "이게 너한테 어울려, 예쁘기도 하지" 라고 말했었다. 10분의 1 사이즈의 어린이용 바이올린으로 모짜르트의 '작은별'을 처음 연주했을 때 엄마는 눈물을 흘리기도 했다. 아이 낳기를 거의 포기하고 있었던 마흔 살에 뒤늦게 얻은 딸은 엄마의 꿈을 담는 작은 그릇이었다. 아버지는 엄마의 허영을 절대 이해하지 못했으나 적극적으로 방해하지는 않았다. 오히려 딸이 바이올리니스트가 되면 집안이 돈만 조금 있지 내로라하는 인물이 없는 한미한 신세에서 바뀔 수도 있다고 생각했던 것 같았다.

긴긴 예술중학교 예술고등학교에서의 학창시절 6년간 바이올린과 씨름하면서도 나는 그 전공자들 가운데서 톱이 되지는 못했다. 그래도 음대 진학은 문제가 없는 수준이었고, 이 악기를 계속해야 하는가 하는 회의가 들 무렵 영국으로 유학을 가게 되어 다행스럽게 나는 다시 바이올린에 몰두했다. 비록 엄마에 의해 멋도 모르고 시작한 바이올린이지만 나에게 어느 정도는 맞은 세계였기에 고민은 있었으되 포기할 정도는 아니었다. 결정적 재능이 없다는 사실은 예중 2학년 정도에서 알았는데 그래도 정상급 연주자가 아니고 다른 차원의 바이올린 교습가나 이론가가 될 수 있는 정도는 되었다. 실기전담 교수란 타이틀도 어쩌면 유학 덕분에 차지한 내 실력 이상의 자리인지도 몰랐다.

상가 1층의 편의점에서 알바를 하고 있는 늙수그레한 아저씨가 내가 가게 앞을 지나치자 인사를 했다. 주말에는 젊은이들이 알바하기를 꺼려해서 아저씨 아줌마들이 일을 했다. 샌드위치나 주먹밥의 판매시한이 약간 지나면 나에게 몇 개 주면서 능글능글한 웃음을 짓기도 했지만 가벼운 장난 수준이었다. 편의점 옆에 붙은 일본 라멘집은 토요일 오후라 그런지 내부가 작아선지 손님이 꽉 차 보였다. 이 건물을 떠난다고 생각하니 그들과 오랜 시간을 보낸 것처럼 정답게 느껴졌다. 5층까지 계단을 오르며 양쪽의 사무실 간판들도 다시 흘끔거리며 보았다.

이 건물은 처음에는 넓은 대지를 가진 단독주택이었는데 강남 개발 바람에 길가에 면한 대지의 앞쪽에 5층짜리 건물을 지었고 뒷부분은 주차장과 정원을 지어 변신을 했다. 정원의 한 켠에는 텃밭을 만들어 야채를 키웠는데 거기서 키운 배추로 김치를 담아서 나의 바이올린 렛슨 선생님에게 준 일도 있었다. 주로 여성인 렛슨 선생님들은 보너스 돈봉투보다 바쁜 자신들을 위해 집에서 만든 소소한 반찬을 해다 주는 학부형들을 좋아했다.

집은 아침에 내가 나올 때와 다름없었지만 왠지 더 휑하게 느껴졌다. 엄마의 짐을 아직 치우지는 않았지만 엄마는 이제 다시 이 집에 오지 못할 것이다. 가끔 엄마가 창문을 통해 이삿짐 차의 사다리를 타고 엘리베이터가 없는 이 집으로 들어올 수도 있다는 상상에 소스라치기도 했다. 그러나 엄마는 한 발짝도 자력으로는 걸을 수도 설 수도 없는데 이 집에 어떻게 다시 들어 오겠는가. 나는 석 달째 혼자 이 집에서 지내면서 가끔 엄마가 우두커니 거실에 앉아 있는 환영을 보고는 가슴이 떨렸다. 나는 거실에 서서 집안을 둘러보았다. 낮은 장식장 위에는 어린 시절부터 내가 콩쿠르에 나간 사진, 연주회 사진, 수상 트로피 등이 쭉 올려져 있거나 걸려 있었다. 희미해진 컬러 사진 속의 엄마와 아버지 나의 가족사진은 전설의 한 장면처럼 보였다. 대학교 시절에는 나도 다른 딸들처럼 엄마와 쇼핑도 다니고 여행도 다녔는데 딸을 유일한 친구이자 연인으로 옭아매는 그 끈적한 느낌이 점차 뭐라 할 수 없이 불편해지기 시작했다.

나는 저녁에 김인석을 만나러 나가면서 엄마의 오늘밤이 무사히 지나가길 바랬다. 이상발작이나 괴성 등을 지를지도 모를 일이었다. 주말마다 치르는 섹스를 마친 후 나는 김인석에게 다음 주에는 엄마를 보러 가자고 말했고, 그는 무심하게 동의를 표했다.

일요일인 다음날 내가 병원으로 찾아갔을 때 엄마는 꽤나 의식이 맑아 보였고 나를 기다렸다는 듯 의연한 기운까지 감돌고 있었다. 엄마는 손에 네 귀퉁이가 닳아진 작은 회색의 수첩을 쥐고 있었는데 언젠가 집에서 본 것도 같았다. 엄마는 낡은 수첩의 어느 한 페이지를 펴더니 어떤 이름을 들먹였다.

"이윤석……"

나는 왜 그런 이름이 지금 엄마의 입에서 나오는지 의아했다.

"너하고 선 봤었잖니?"

그다음으로 또 다른 남자의 이름이 튀어나왔다. 25살에 영국으로 유학을 가기 직전에 만났던 남자와 35살에 영국에서 유학을 마치고 돌아와서 시간강사 자리를 잡으려고 애쓰던 시절에 만나보았던 남자들이었다. 엄마는 그들의 근황을 어떻게 알고 있을까? 하긴 그들을 나에게 소개시켜준 사람이 엄마의 사촌 여동생이었으니 계속 그들의 근황을 들어서 알 수도 있었다.

'백 번 선본 여자'라는 영화가 있었는데 나도 그랬다. 대학교 4학년 때는 같이 유학을 가면 좋겠다고 공부하는 남자들을 그리 주선해대더니 유학 중에는 돌아와서 대학에 자리잡는데 연줄이 돼줄 만한 집안의 남자들을 어디선가 줄기차게 알아왔다.

그 두 남자는 엄마의 마음에 들었던 유일한 사윗감이었다. 물론 그 당시는 다 미혼이었고 현재 한 사람은 아이 없이 이혼을 했고, 한 사람은 아직 결혼을 하지 않았다는 근황까지 엄마는 꿰고 있었다. 마치 내가 세상 모든 남자를 다 만나보고 빈손으로 돌아오면 '그것 봐라 엄마가 권했던 남자가 너한텐 제일 맞는 남자란다'라고 말하리라고 준비하고 있었던 듯했다.

"이 두 사람 다시 만나보면 안되겠니?"

"내 나이가 지금 49살이에요."

엄마는 89살이에요. 이제 시대에 맞게 제대로 판단할 수 있다고 믿지 마세요, 이 말이 차올랐다.

"그게 어때서…… 넌 아직 한번도 결혼하지 않았잖아."

"그게 무슨 잘난 자격이에요?"

"그럼 어리기만 하면 헌여자도 좋단 말이냐?"

헌여자, 헌계집…… 아직도 저런 단어를 쓰면서 어떻게 동시대 사람인지 말문이 막혀왔다.

"그 사람들은 이미 나하고 인연이 없는 걸로 판명 나지 않았나요?"

엄마는 지지 않았다.

"그때는 네가 남자 보는 눈이 없어서 놓친 거고 지금은 서로 알 만한 처지 아니냐?"

아직까지도 자신이 내 삶을 제어할 수 있다고 믿는 엄마의 저 막강한 믿음은 도대체 어디에 뿌리를 두었기에 저리도 질긴가. 유전자를 이어준 사람은 언제나 무소불위의 권력을 휘두를 권리가 있다는 말인가. 엄마는 내가 대학을 졸업하던 25살에 모든 것이 멈춰져 있는 상태인가? 그해에 아버지가 돌아가셨는데 아버지는 의류 장사로 큰돈을 벌어 부동산이 많았다. 엄마는 아버지의 그 부동산 위에서 건물주니 사모님이니 하는 호칭을 들으며 편히 살았으면서도 아버지를 평생 무시했다. 그래서 여자는 무조건 자신보다 조건이 좋은 남자를 남편으로 둬야 한다는 생각이 강했다.

엄마는 이북에서 여고를 졸업하고 월남한 집안 출신이고 아버지는 피난지인 부산 출신이었다. 그 당시 이북에서 여고를 졸업한 여자들은 남쪽에 내려와서 대개 직장이나 가게를 했기 때문에 생활력이 강하고 그만큼 집안에서 목소리도 컸다. 어린 시절 외가에 갈 때마다 여자들이 덩치가 크고 목소리도 크다고 느꼈었다. 일반적으로 그 나이 남쪽 여자들보다 학벌이 우세했기 때문에 전후에 소규모라도 직장이나 상점에서 일을 하기가 수월했다. 엄마 역시 이북에서 여고를 졸업한 학벌로 회사에 경리직으로 근무한 이력이 있었다. 어찌나 계산을 잘하는지 최근까지도 가계부와 금전출납부, 월세장부를 지극정성으로 매일 써나갔다. 아래층에 세든 가게의 점주들도 엄마의 계산과 돈에 관한 기억력에 꼼짝 못하는 정도였다.

몸을 움직이지 못하는 것처럼 생각도 멈추거나 굳어 있으면 차라리 편하련만 엄마의 저 부조화는 더 큰 슬픔을 주었다. 본인의 초라함을 한번도 인정해보지 않은 성격이라 한마디의 하소연도 하지 않는 놀라운 위장술은 여전했다. 남의 상처나 아픔에는 일부러인 듯 둔감하고 오히려 자신의 자존심을 더 내세우는 것이 강한 자존의 방법이었다.

"데려와서 인사시키고 그럴 것 없다. 그냥 네 맘대로 하는 결혼으로 해라."

네 맘대로 하는 결혼이라는 말에는 보나마나 남자의 품격이나 조건은 아주 형편없을 것이고, 엄마가 평생 원했던 누구에게나 그럴 듯한 결혼으로 보이기엔 틀렸다는 선입견이 묻어났다. '네 맘대로 해라'는 말은 들어본 적이 없었고 '네 맘대로 한단 말이냐'라는 말만 들어왔는데 그 말보다 더 잔인한 어감을 풍기며 내게 전권을 돌려준다는 듯이 말했다.

"다음주 토요일에 아무튼 인사하러 같이 올게요."

엄마의 표정은 굳어버렸다. 그 쭈그러진 석고상 같은 얼굴에 울컥하면서 나도 모르게 일푼의 희망이라도 있는 듯이 주억거렸다.

"엄마가 생각하는 것처럼 재활이 될지도 모르니까 이젠 엄마 몸에나 신경 쓰세요."

요양병원을 나오는 길에는 봄날 같지 않게 새삼 시린 봄바람이 불었다. 나는 그 어떤 반전을 바라지도 않지만 김인석을 데리고 인사를 시키러 요양병원으로 데리고 가기로 했다. 내가 가족으로서 행하는 최소한의 의무마저 거절한다면 나는 이 결혼에 관해서는 엄마에게 일절 참여할 권리를 주지 않을 작정이었다. 김인석은 엄마에게 인사를 하러 가야 한다는데 동의를 했고 기꺼이 가서 나를 위해 한번은 매를 맞아 주겠다고 했다.

"보통 사람들처럼 승낙을 받는 자리 이런 건 아니구요, 그냥 어떤 존재인지 얼굴을 알리는 인사만 해둬요."

"내 맷집 믿어봐요."

그의 대답에 무언가 기대고도 싶었다. 내가 해결하지 못하는 문제를 그는 혹시 풀 수 있을까 하는 헛된 희망도 가져보았다. 그런 그도 막상 약속했던 토요일이 되자 요양병원 로비에서 좀 복잡한 표정을 지었는데, 한 번 인생이 예기치 않은 방향으로 흘러가 버리는 것을 본 사람만이 가질 수 있는 분위기였다. 부인이 7년 전 젊은 나이에 암 발병 3개월 만에 죽은 이후, 그는 삶은 필연적 귀결보다는 우연에 의해 흘러간다고 믿게 되었다고 말했다. 평소보다 편안하게 보이는 캐주얼 상하의를 입은 말쑥하면서도 세련된 모습이 내 남자라고 하기에 부족함이 없어 보여서 좋았다.

엄마가 있는 203호가 복도 끝에 있어서 계단을 오르자 방들이 모든 햇살을 다 차지했는지 복도는 어둑신했다. 순간, 곧 전개될 작은 전쟁에서 승자가 될 수 있을지 그를 다시 쳐다보았다. 박 여사가 어찌나 가제 수건으로 세수를 깨끗이 시켜놓았는지 엄마의 얼굴에는 난데없이 불그스레 홍분 어린 생기가 흘렀다. 엄마는 박 여사에게 자신의 옆에 있으라고 말했다. 자기편이라고 생각하는 모양이었다. 엄마는 나와 함께 방으로 들어서는 김인석을 흘낏 쳐다보더니 제대로 눈길 한 번 주지 않고 앞을 보며 물었다.

"그래 대학은 어딜 나왔어?"

다짜고짜 시작된 심문을 김인석은 예상이라도 한듯 침착하게 대응해 나갔다.

"고등학교 졸업하고 군 제대 후 바로 은행에 입사해서 지금까지 근무 중입니다."

예기치 못한 대답 내용에 엄마는 눈을 크게 뜨고 내 얼굴로 시선을 쏘았다. 그 눈길은 얘기하고 있었다. 외국 유학까지 한 네가 겨우 고졸 남자를 남편감으로 택해? 나는 견뎌야 한다, 저 능멸의 시선을 견뎌야 한다고 이를 악물었다. 엄마가 찬성하면 이 결혼을 하지 않을 거예요. 더 격하게 반대를 해주세요. 그런데 그 다음은 엄마라는 대명사가 아니고 노인네라는 단어로 내 머릿속에 들어앉았다. 한번 바꾸어서 자리잡자 엄마라는 단어가 다시는 떠오르지가 않았다. 노인네, 노인네, 저 노인네……더 강도를 높아야 내가 반동의 탄력을 더 받을 터였다. 가해자는 이런 것일까.

사실 그 남자 김인석은 고졸의 은행원이고 15살짜리 딸이 하나 있었다. 나는 다른 여인이 낳은 딸을 키우면서 집착에 가득찬 모성으로부터 아예 멀어질 작정이다. 아이를 낳지 않아도 되니 얼마나 좋은지, 부모의 사랑 그런거 말고 그냥 인도주의적인 태도로만 다른 여인이 낳은 아이를 키우면 될 것 같았다. 조만간 다가올 폐경이 얼굴에 주름을 만들고 허리통을 굵게 하겠지만 나는 이제 그 누군가의 아이를 낳지 않아도 되는 것이, 그 가능성이 닫히는 것이 간절하게 기다려졌다. 한 생명의 핏줄 어미가 되면 나는 아마 답습의 굴레에서 허우적댈 게 뻔했다.

나는 생물학적 어미가 되어 유전자를 물려주기도 싫고 양육이란 미명 하에 대리성취나 허영충족의 대상으로 아이를 조련하기도 싫다. 이런 생각 자체가 진정 어미가 되어보지 못한 탓에 생겨난 비현실적인 이상이라 할지라도 나는 대가를 감내하려고 한다. 다행히 아이는 그리 되바라지지도 않았고 소녀다운 태도를 어느 정도 가지고 있어서 내 의도가 스며들 여지는 있어 보였다. 아이의 친할머니인 김인석의 어머니가 주로 양육을 한 탓인지 나이보다 의젓하고 속이 깊었다. 그 조숙성조차 엄마의 부재로 겪은 깊은 외로움과 상처 탓일지도 모르지만 어쨌든 아이는 같이 살기에 곤란한 문제아는 아니었다.

"나이는 몇 살인데?"

김인석은 나와 나이가 동갑이고 취미사진 클럽에서 알게 되었노라고 말했다. 그는 이 자리에서 엄마가 반대를 한다 해도 이 결혼을 무력화시킬 수는 없다는 걸 알기에 최대한 정직함만은 유지하고자 했다. 혼자서 뭐라고 몇 마디 중얼거리던 엄마는 그만 나가라면서 손을 저어댔다. 김인석은 약간 난감한 표정을 짓긴 했지만 끝까지 침착함을 놓치는 않았다.

"어머니 마음에 들지 않는 부분이 분명 있겠지만, 우리는 잘 살아나갈 겁니다."

엄마는 다시 더 강하게 손사례를 치며 나가라는 표정을 지었다.

나는 김인석을 거의 끌어서 데리고 나오는 기분이었다. 누가 지금 나의 가족인가, 그 상황에서 보호해주고 싶은 사람은 김인석이었다. 그날 밤 김인석은 나에 대한 연민이 최고에 달했고, 나는 그가 이 상황의 피해자 같아서 보호해야 한다고 느꼈다. 그런 묘한 기분 속에 혹은 그 기분마저 떨치려 격하게 서로의 몸을 탐했다. 마치 이걸로 충분하지 다른 누구의 동의도 필요하지 않다는 방어막을 치는 행위 같았다. 외로움을 건드리지만 한편으로 다독여주고 뜨거움 속에 본질적 여성을 느끼게 해주는 섹스는 분명 좋았다. 내게 아직 육체적 욕망이 내재되어 있음을 확인시켜주는 고마움도 있었다. 바이올린 연주자 말고 다른 욕망은 없는 듯이 건초처럼 시들어가서 이젠 아무도 시선을 주지 않는 육체가 되어 가는 중이었다.

사실 늙은 여자 바이올린 연주자를 별로 본 적이 없어서 나도 모르게 무대 위에 비춰진 나이로 스스로를 평가하는데 익숙했다. 여자 연주자들은 누구나 나이에 대한 불안을 가지고 무대에 오른다. 드레스를 입고 허리를 조이고 하는 일에서부터 나이는 강박적으로 다가온다. 무대에 서보지 않은 사람은 시선의 공포를 모른다. '여신'과 '마녀' 사이에서 어떤 외모에 어떤 나이에 자신이 속하는지 무대에 오르는 여성 연주자들은 두려워한다.

35살에 영국에서 돌아와 귀국 연주회를 할 때의 분위기가 지금도 생각난다. 그때만 해도 분위기는 호의에 넘쳤고, 유학으로 노처녀가 된 여성 바이올리니스트 정도였다. 10년 뒤 대학교에서의 실적 때문에 한층 낮아진 연주 실력으로 45살에 독주회를 열었을 때는 일단 허리가 잘록한 드레스부터가 어울리질 않았다. 나는 그때부터 바이올린의 연주가이기를 포기하고 교습가로만 살기로 했다.

다음날인 일요일 오전에 다시 요양병원으로 갔다. 어제의 일전 탓에 오히려 실컷 울고 난 후처럼 감정이 말갛게 갠 것 같았다.

"그놈 다시 데려와 봐라."

"바쁜 사람을 자꾸 어떻게 오게 해요?"

"그 자가 너에 대해 애정이 있다면 너를 낳고 키운 에미를 어떻게 싫어한단 말이냐."

"싫어한다고 짐작하지 마세요."

"그 자가 어제 와서 하는 행동 못 봤냐? 멀뚱하니 서 있다가 묻는 말에나 겨우 몇 마디 하고 사윗감이라고 어디 잘 보이려는 구석이 일푼 어치도 없고."

"사람 사이에 어떻게 정이 당연히 생겨나요? 뭐 그럼 처음 보는 날 엄마의 기저귀라도 갈아드려야 하나요? 혈연관계 혹은 사랑하는 사람의 부모라고 해서 좋은 시간의 공유도 없이 정이 무작정 생겨나요?"

"네가 요즘 나한테 이렇게 서슬 퍼렇게 매정하게 구는 게 다

그놈과의 허접한 결혼 때문 아니냐? 어찌 자신이 아까운 걸 그리 몰라?"

이제 횡포는 그만 부리세요 라는 말이 튀어나올 뻔했다. 당신이 나에게 퍼부었던 사랑을 위장한 그 횡포의 시간을 지워버릴 거예요. 이제 얼마 남았는지 모를 당신의 시간들은 나와 평화롭게 지내요, 제발. 당신 딸은 그렇게 우월하지 않아요. 여자로서의 생물학적 상품성을 따진다면 이제 폐경을 눈앞에 두어 늙어갈 시간만 남았다구요. 내뱉지 못한 말들에 밀리기라도 하듯 나는 어제보다 더 급한 걸음으로 요양병원을 빠져나왔다. 엄마도 다른 사람들처럼 언제 죽을 줄 모르기 때문에 삶이 오히려 무한하다고 착각을 하는 게 아닐까.

다음날 아침 일찍 간병인 박 여사에게서 전화가 왔다. 예상했던 대로의 일이 발생했다. 엄마가 식사를 거부한다는 것이었다. 흔히 내 관심을 돌리기 위한 수법으로 집에서도 가끔 쓰던 방식이라 무시하고도 싶었는데 완전히 그럴 수는 없었다.

"뭐라고 하면서 밥을 안 드세요?"

"뭐 그냥 입맛이 없다고 고개를 흔드시고는 골똘히 뭔가를 생각하는 것 같기도 하고요. 갑자기 엄청 피곤한 표정으로 잠들기도 하고요. 뭐 별다른 증상이 발견된 거는 아니에요. 그냥 해결할 수 없는데 마음에는 들지 않는 일이 발생했을 때 일단 회피하고 싶은 상태인 것 같아요. 그래도 여기 와서 걱정하는 척이라도 좀 해주세요."

월요일 오전에는 강의가 없는 터라 나는 오전에 가겠다고 답하곤 멍하게 앉아 있다가 무슨 부름에 끌렸는지 평소에 엄마가 좋아했던 녹두죽을 만들 재료를 찾아냈다. 죽을 빨리 끓이기 위해 찹쌀 한 컵과 거피한 녹두 한 컵을 뜨거운 물에 씻어서 불렸다. 파팍한 전분이 많은 녹두죽은 냄비 바닥에 금방 눌러 붙어 탄내를 풍기기 때문에 쉼 없이 저어야 한다. 제법 걸쭉해진 녹두죽에서 기포가 생기면서 톡톡 튀어올랐다. 조심을 했는데도 튀어 올라와 볼에 붙은 뜨거운 기포 탓에 눈물이 찔끔 났다. 뜨거운 기가 가셔도 눈물이 계속 흘렀다. 이유를 알 수 없는 눈물이었다. 찹쌀 알갱이가 익어서 크기가 두 배가 되어 죽이 다 될 때까지 눈물이 멈추지 않았다.

녹두죽을 보온병에 담아서 병원으로 가는 길, 그 국도변에는 개나리며 진달래가 조명탄처럼 화사했다. 엄마는 그 찬란한 봄 햇살 속에 영원히 깨지 않을 정물처럼 잠들어 있었다. 조금 있으면 장미와 수국의 계절이 오겠지만 비료와 물 관리를 하지 않은 그 정원은 잡초로 덮여버릴 것이다. 나는 잠든 엄마의 귀에다 대고 나지막하게 얘기했다.

"엄마, 나 이제 정원을 떠나요."

주인들이 떠난 정원은 이제 곧 폐원이 되겠지. 어린 내가 여름이면 바이올린을 켜고 돌면서 이 선율을 듣고 꽃들아 나무들아 잘 자라렴, 잘 자라렴, 하고 깡총거리던 그 정원이여 안녕. 엄마가 잠들고 나면 정원도 잠들겠지. 그러다가 누군가 새로운 주인이 나타나서 물과 햇살과 정성으로 가꾼다면 다시 잠에서 깨어날 수 있으리라. 수국과 장미의 정원에서 나는 떠난다. 나의 탯줄이 묻힌 그 오래된 정원에서 나는 이제 떠난다.

방문객들

그녀의 모습은 여전히 도도했다. 나는 차창을 통해 차 쪽으로 점점 다가오는 그녀의 모습을 보면서도 집 밖에서 식구를 보게 될 때 본능적으로 찾아오는 애련한 반가움이 전혀 없다는 데에 차라리 안심했다. 검정색 반소매 니트 상의에 밝은 회색의 칠부 바지를 입은 그녀는 경쾌하다 못해 좋은 날 교외로 나들이 가는 여자처럼 보였다. 내가 지금 그녀라고 부르는 올케언니가 다가온다면 당연히 차에서 내려 인사를 하고 다시 타야겠지만 무시하기로 했다.

그래도 오늘은 민망해서 눈길을 돌릴 정도의 옷차림은 아니라서 다행이었다. 오빠가 교통사고를 당하고 재활치료를 겸하는 요양소에 들어간 얼마 후부터 그녀의 화장은 진해졌고, 옷차림은 요란해져서 남의 시선을 끌어보려는 안타까움이 묻어나면서 천박해져 갔다. 아직 여름의 끝자락이라 더울 테지만 나는 긴소매 셔츠를 입었다. 오빠를 만나러 갈 때면 왠지 건강한 두 팔과 다리를 내보이기가 싫었다.

오늘 같은 날은 그녀에게 약간의 선의조차 가지면 안될 것 같았다. 엄정한 재판관 노릇을 하리라…… 마음을 다지면서 나는 창 앞쪽 거울을 통해 얼굴을 들여다보았다. 눈 화장이 번지지는 않았지만, 적어도 재활원에서 나오는 순간까지는 태연함을 유지해야 한다는 마음과는 달리 얼굴빛은 벌써 상기된 상태를 감추지 못했다.

운전대를 잡은 남동생, 기훈도 주차 레버를 만지작거리며 앉아 있기만 했다. 그녀는 차의 번호를 알고 있는지 망설임 없이 차문을 열고 훌쩍 뒷자리에 올라앉았다. 무언가 달려들 듯 그녀로부터 훅 뿜어져 나오는 향수 냄새는 차안의 분위기와는 전혀 어울리지가 않았다.

그 여자, 올케는 늘 그렇게 우리 집안과 어울리지 않았다. 직접 부를 때는 언니, 남에게 말할 때는 새언니 혹은 올케언니라고 불렀는데, 어느 때부터인가 내 마음에서 그런 호칭이 사라졌다. 내 마음의 거리만큼 멀고 객관적으로 그저 '그 여자'라고 생각하고 호칭을 떠올리는 게 자연스러웠다.

"다들, 안녕하시죠?"

올케의 목소리에는 빳빳한 기운이 묻어났다. 지금 그렇게 명랑한 인사를 하는 그녀의 본심이 무엇일까 궁금했다. 기훈은 차속 거울로 뒷자리에 앉은 올케를 흘끗 쳐다보더니 인사처럼 한숨을 짧게 내쉬었다. 나는 항수와 한숨 사이에서 어지러웠다. 나와 동생의 대답이 없음에도 불구하고 올케의 기대에 찬 명랑함은 꺾이지 않았다.

"가긴 가는 거죠?"

"가요, 갑니다. 근데 이놈의 차가 거기까지 과연 무사히 갈 수 있을지 모르는 게 탈이지요……"

기훈의 부정적인 생각을 올케는 부정하고 자기 식대로 끌고 갔다.

"일단 출발하면 가게 돼요."

거기란 요즘 오빠가 치료를 받으며 살고 있는 경기도 발안의 재활요양소를 말한다. 가족이라는 세 사람이 이런 마음으로 오빠를 보러 가야 하는 상황이 벌어지다니, 정말 언제 어떤 식으로 후려치며 다가올지 모르는 삶의 의외성이 새삼 두려워졌다. 항상 바로 코앞이 낭떠러지라는 생각으로 조심스레 발짝을 내디디며 살아도 바람과 비는 그 발을 헛디디게 만들었다.

나는 올케를 만나게 되자 또다시 그녀의 오만과 허영이 씁쓰레하게 떠올랐다. 그녀는 자신이 물질적으로 어느 정도 잘살아야 한다는 목표를 설정해놓고, 혹은 자신은 그 정도는 누리며 살아야 마땅하다고 생각하는 스타일이었다. 자신은 이 시대가 생산해내는 최고가의 물건들을 가지거나 소비해야 마땅하다고 여겼다. 욕망의 충족이 행복이라고 여겼다. 오빠는 왜 저 여자와 결혼을 했을까? 저 여자는 왜 오빠 같은 범생과 결혼을 했을까? 오빠가 좋은 대학을 나온 대기업 사원이라는 조건만으론 저 여자의 욕망을 만족시켜줄 수 없었을 텐데, 어떻게 결혼을 했을까. 아무래도 오빠는 그때 서른세 살이라는 나이에 쫓기고, 아버지의 병환에도 쫓겼던 것 같았다.

오빠가 부장으로 승진하고 세계경영을 앞세우며 잘나가던 그 대기업은 몇 년 전에 공중분해가 되었다. 지금 그 그룹의 회장님은 간간히 휠체어를 탄 모습으로 텔레비전 뉴스 시간 화면에 나타났다.

한때 나도 올케를 부러워했다. 그 여자의 명쾌한 결단력과 도무지 근원을 알 수 없는 끊임없고 강렬한 자신감을 말이다. 그 여자는 자신이 가진 게 7뿐이어도 9나 10을 가졌다고 보이게 포장하는 능력을 가졌다. 전 세계에서 생산되는 명품 백과 의류의 브랜드를 줄줄이 꿰고 있는 능력마저도 부러워했을 때가 있었다. 나는 그 여자의 혈액형도 대입해보고, 그녀가 졸업한 학교도 일일이 다 떠올려 보았다. 저 강렬한 자신감의 근원은 대체 무엇이고 어디에서 출발했는가 말인가 하고.

오빠가 근무했던 그 대기업 그룹이 공중분해되기 전에 마지막으로 강남에 지은 빌딩 지하상가에 오빠의 우동 가게가 있었다. 다른 회사에 취직을 하기엔 어중간한 나이에 퇴직을 하게 된 그룹 임직원들에게 그 회사가 마지막으로 베푼 은전이었다. 그나마 상가를 구입할 만한 형편이 되는 임원들에게 분양원가로 살 기회를 주었다.

오빠는 변덕 심한 젊은 종업원들을 데리고 오지게 맘고생을 해가며 서툴게 가게를 운영해 나갔다. 올케는 오빠가 차린 우동 가게에 한 번도 나타나지 않았다. 아니, 개업을 하던 날 딱 한번 나타나 마치 근사한 회사를 창업한 사장님의 부인이라도 되는 양 귀고리를 요란하게 흔들며 근처 가게에 떡을 돌리는 등 사장님 부인 행세만 하고 말았다. 자존심 강한 오빠는 장사꾼이 되는 자신에 대해 저항의 시간을 지나자 완벽한 식당 주인으로 차츰 변해갔다. 배달해주는 식자재 대신에 신선한 야채와 생선 등을 직접 장을 봐서 골랐다. 오빠가 가락시장과 노량진 수산시장의 가게들을 손금 보듯 알게 되는 만큼 가게도 자리를 잡아갔다.

손님이 좀 뜸해져서 한가해진다 싶으면 스마트폰 화면에 매달려 사는 젊은 종업원들도 잘 구슬리며 가게를 꾸려 나갔다. 그러다 새벽에 가락시장에서 장을 본 식자재를 차 뒤 트렁크에 싣다가 어슴푸레한 여명에 후진하던 트럭과 자신의 차 사이에 끼어버리는 교통사고를 당했다.

두 다리는 마비가 왔고, 척추와 뇌는 그보다는 경미한 손상을 입어 기능이 살아있긴 하나 온전하지는 못한 상태였다. 재활치료의 성공 여부가 굉장히 중요한 처지의 환자였다. 그렇게 두 다리를 못 쓰고 앉아있으면 척추협착 증세가 오기 쉽고, 상체마저 부자유스럽게 되기 쉬운 게 불행으로 가는 과정처럼 예비되어 있었다. 나는 목격하지도 못한 그 사고에서 오빠가 질렀을 비명이 환청으로 들려서 귀를 틀어막곤 했다.

올케는 오빠가 우동 가게를 시작했을 때부터 이미 마음이 멀어져갔다.

"아가씨, 여자는요, 남편이 위대하지는 않지만 어느 한구석 그래도 존경할 만한 면모가 있어야 같이 살 수 있는 법인데 이젠 도무지 그런 맘이 생기질 않아요."

그렇겠지, 양복을 입고 서울 시내 한복판으로 출퇴근하던 말쑥한 남자의 모습과 일본식 두건을 쓰고 식당 안을 돌고 카운터 일을 보는 남자의 모습이 같을 수는 없겠지. 그러나 나는 올케가 애초에 사랑을 모르는 종류의 인간이라고 생각했다. 그런 인간들은 사방에 넘쳐났다. 그런 인간들의 특징은 그 어떤 타인도 그들을 변화시키거나 훼손시킬 수 없다는 데 있다. 자신에게 찾아온 불행을 부정하고 한사코 거부하고 떼어내서 자신을 금쪽처럼 보존하는 데만 익숙한 인간들이었다.

올케는 지금은 자신의 친정식구가 살고, 오빠의 외동딸 유나가 살고 있는 미국에 드나들면서 무슨 교포사업가라도 되는 듯이 행동했다. 미국에서 교포인 치과의사와 만난다는 소문이 사실인지도 몰랐다.

나는 그 여자가 처음 오빠와 결혼했을 때, 어머니가 안 계셔서 뭔지 안정감과 질서가 없어 보이는 부엌과 식탁에 따스한 기운을 불어넣어주기를 바랬다. 물론 그녀는 결혼 초기 몇 번인가는 집에서도 마들렌 쿠키나 애플파이를 굽고 먹을 수도 있다는 신선한 체험을 우리에게 선사해 주기도 했다. 극히 짧은 시간 동안 본질이나 애정이 아닌 단지 제스처로 말이다.

아버지의 병이 깊어지자 오빠는 결혼을 서둘렀고, 병색이 완연하나마 아버지는 혼주 자리를 지켰다. 오빠가 신혼여행에서 돌아와서 그 당시 우리집에서 하룻밤을 자고 처음 아침을 맞이했던 그 일요일을 잊을 수가 없었다. 새신랑과 신부라고 한복을 입고 식탁에 나타난 그 두 사람의 얼굴엔 홍조가 가득했고 비릿함이 풍겨 나왔다. 그 비릿함은 분명 정액의 냄새였다. 나는 그 순간 비로소 오빠를 온전히 떠나보냈다. 나는 오빠가 아가씨들과 선을 본다는 소식만으로도 이별의 전주곡이라도 들리는 양 서운했던 여동생이었다. 남자인 오빠를 받아들이고 내 마음을 멀리로 데리고 갔다.

"이 놈의 똥차, 거기까지 무사히 갈 수나 있으려나 모르겠네."

그렇게 차에 대한 주의를 환기시키는 기훈의 의도는 나에게 차의 유량계를 보라는 거다. 역시나 기름은 거의 바닥이었다. 주유소에서 기훈은 "가득 채워주세요"라고 큰소리로 외칠 뿐 당연한 듯 내가 돈을 냈다. 가난한 기훈은 가족에게조차 염치를 잃어버린 지 오래되었다.

거기까지……오빠가 있는 발안의 재활요양소까지는 서울의 남쪽 경계에서 국도를 따라 1시간 정도 더 들어가야 한다. 늦여름이라 막바지 뜨거운 열기는 식어가면서도 두툼한 햇살을 익어가는 벼들 위로 쏟아 붓고 있었다. 푸른 벼로 가득찬 논이 주던 편안함이 오늘은 눈길을 줄수록 눈물로 고여왔다.

왠지 하늘나라로 면회를 가는 듯한 이 느낌은 무엇일까? 30년간 식물인간으로 목숨을 이어가다가 기적적으로 의식을 되찾은 사람도 있다는데, 처음 한 달간 병원에서 치료를 받고나서 병원에서 이제 가족이 어떤 치료방법을 택할지 결정하라는 의사의 말을 듣자마자 재활요양원에 유기해버린 우리들은 오빠에게 어떤 존재들일까? 지나간 가족? 옛날 가족? 오빠에게 사고가 덮친 뒤 현재 딱 1년, 처음에는 뇌손상은 없었는데, 휠체어에 앉아 두 다리를 쓰지 못하고 점점 가늘어져가는 두 다리처럼 정신도 가늘어져가는 것 같았다. 뚜렷한 징후는 없었지만, 어딘지 모르게 오빠의 감각이 둔해져간다고 느낄 수가 있었다.

나만 해도 일주일에 한 번씩은 오빠를 보러 가겠다고 결심했지만, 그 결심이 유지된 건 처음 딱 한 달뿐이었다. 고등학교 선생님이란 직업은 이젠 이골이 난 학생들 가르치는 일보단 잡무가 너무 많아 힘들었다. 주말에는 가족들에 대한 의무가 직업을 가진 주부라고 해서 조금도 면제되지는 않고 언제나 입을 쩍 벌리며 내 손길을 기다리고 있었다.

"누나가 그래도 제일 최근에 형을 면회 갔을 것 같은데 상태가 어떻게 보였어요?"

기훈의 그 물음에는 오빠의 상태가 악화되어, 오빠의 어떤 말과 행동도 신빙성이 없기를 바라는 듯한 느낌이 숨길 수 없이 드러났다. 올케는 오빠의 회복을 진정 바라는 양 되받았다.

"미국에서 오면서 재활원에 전화를 해 물어봤는데, 재활치료가 아주 잘되고 있다고 하더군요."

나는 두 사람의 숨겨진 의도가 역겨워 또다시 귀가 아파왔다. 처음 내 귓바퀴에 작은 수포들이 생기기 시작한 건 오빠가 요양소로 들어가고 올케가 유나를 돌본다는 핑계로 미국으로 떠난 뒤였다. 마치 그들 가족이 있던 자취가 휑한 백지로 변한 느낌이었다. 수포들 때문에 진물만 흐르는 게 아니라 아우성치며 뭔가 얘기를 하는 것처럼 귀 주변이 웅웅거리기도 했다. 항생제를 먹고 바르면 보통 일주일이면 낫는데 그렇지가 못했다. 의사는 최근에 정신적으로 충격을 받은 일이 있었냐고 물었다. 이비인후과 의사가 마음에 대해 뭘 알까 하면서도 간단히 얘기를 했다.

의사의 말조차 내 마음을 후벼댔다.

"원래 가장 깊은 상처가 되는 행동이나 말은 가족이 하는 경우가 대부분입니다. 귀에 들리는 대로 듣지 말고 마음으로 여과해서 되도록 좋은 쪽으로 받아들이며 들으세요. 그래야 귓병이 낫습니다."

마음으로 여과해서 들으려고 애쓰지만 속셈이 보이는 계산법이 난무하는 차 안의 대화는 여전히 역겹기만 했다.

"그래도 유나 아빠가 있는 그 재활원은 요양원도 겸하고 있어서, 제대로 교육받은 사회복지사들이 일을 하더군요."

"사회복지사? 거 이름은 그럴 듯한데 일하는 건 순 노가다고, 직업은 직업인데 눈물나게 가난한 직업이지요."

"그래도 정규직이잖아요."

올케는 기훈의 약점을 쏘듯이 건드리고, 나도 기훈이 넌, 한 번도 제대로 된 직업을 가져본 적도 없으면서…… 하는 말을 간신히 주워 담았다. 기훈이 이일저일 건드리기만 하고 진득하게 몰두하지 못하는 태도에 아주 넌더리가 났다. 한때는 필리핀에서 광산사업에 참여한다고 무슨 큰 사업이라도 하는 양 떠벌이다가 동업한다던 현지 교포들에게 돈만 사기당하고 쫓겨왔다. 자기가 하는 일을 도와달라면서 참석만 하면 된다고 나를 어떤 강연회장으로 데리고 간 일도 있었다. 입구부터 왠지 사이비종교 단체 같은 분위기를 풍기더니 결국은 다단계 판매회사의 교육장이었다. 그럴 때마다 기훈은 한쪽으로는 겸연쩍어하면서도 핏줄인데 좀 도와주면 어때 하는 뻔뻔함이 섞인 표정을 보였다.

"하긴, 그래도 정규직이긴 하네, 그놈의 빌어먹을 정규직……"

올케는 오빠가 사고를 당하기 전에 5천만 원을 기훈에게 빌려주었다고 주장하고 있고, 기훈은 그 돈이 천만 원이라는 것이다. 기훈은 처음에는 돈을 빌린 사실 자체를 완전히 부정하다가 결국은 형에게 빌린 돈이 천만 원이라고 말했다. 오늘 같은 면회 풍경을 제안한 사람은 당연히 올케였다.

"이번에는 결판을 내야 해요. 가족끼리 돈 때문에 법정까지 가는 불상사는 없어야죠."

법정까지 가지는 말고 오늘 내가 증인이 되고, 오빠의 시인이 있으면, 그 내용에 무조건 따른다는 약속을 정해놓고 출발한 참이다. 기훈에게 5천만 원이란 돈이 있을 리 만무한데도 올케는 무슨 속내가 있는지 나에게 중립만 지켜달라고 부탁했다.

"아, 그 천만 원 곧 갚는대도 그래요. 오늘은 안 그래도 아픈 형 고문일랑 하지 말고 그저 가족끼리 정답게 면회나 다녀오는 걸로 하죠."

기훈은 자꾸 눙치려는 발언을 하지만 어설프게 진실을 더욱 드러내고만 있었다.

"3년 전에 형님이 도련님에게 돈을 송금한 통장만 찾았어도 이럴 필요도 없어요."

"설사 그런 기록이 있는 통장이 있다 해도, 그 돈이 나에게 빌려준 거란 증거가 어디 있어요? 나한테 그냥 줬다거나 형이 나한테 꾸어간 돈을 갚은 걸 수도 있잖아요?"

올케는 기가 막힌다는 표정으로 말을 쏟아냈다.

"형제간 맞아요?"

그런 말을 해도 자신 있을 만큼 올케 자신은 역할에 대한 의무를 다 했나 싶어 나도 가슴에 얹혀 있던 말을 꺼내버렸다.

"새언니, 오빠를 지금이라도 재활원에서 나오게 해서 언니가 돌보시면 어때요?"

올케는 샐쭉함과 놀람이 합쳐진 표정을 지었다가 금방 그녀 특유의 자신감을 회복했다.

"사고 나고 처음 입원했던 대학병원에서도 병원이나 집에서 무작정 돌보는 게 최선이 아니라고 판정이 났고, 당시에 거기에 두 사람 모두 동의했고, 그래서 재활원으로 간 건데 새삼 왜 그러는 거죠?"

"왠지 오빠가 집에서 누군가의 따스한 간호를 받으면서 재활치료를 받으면 더 잘 나을 수도 있을 것 같아서요……"

그러나 정작 내가 하고 싶었던 말은 '언니 인생에 이제 오빠의 자리는 한 치도 없나요? 남편이 병들게 되면 돌보는 게 부인으로서의 의무 아닌가요?' 라는 것이었다. 올케는 내가 삼켜버린 말을 이미 알고 있는 듯이 말했다.

"아가씨, 나는요, 스스로를 고통 속에 처박아 두고 싶진 않아요. 인내요? 나 같은 경우, 그건 아니죠. 기약도 희망도 없는 일에 매달리는 건 자기 인생에 대한 직무유기고, 의무태만이고 방관일 뿐이죠."

저렇게 명쾌하게 상황정리를 잘하기 때문에 오빠는 올케가 우리집에 새바람을 넣어줄 존재라고 생각했던가.

오빠가 대학병원을 나와 재활요양원으로 옮길 당시 나는 학교를 그만둘 생각까지도 했었다. 학교에서도 호봉이 높은 교사들을 명예퇴직으로 정리하고 젊고 호봉이 낮은 교사들로 대치하려고 은근히 독려하는 분위기였다. 내가 퇴직을 하고 퇴직금으로 기훈이 진 빚을 싹 갚아 버리고 싶은 충동, 그러나 충동으로만 그치고 맞벌이로 근근이 꾸려온 내 살림은 어쩌고 하는 현실이 덮쳐왔다. 내가 고등학교 선생님으로 정년까지 버티면 평생 연금을 타는 '연금녀'를 부인으로 두게 된다고 벌써부터 친구들의 부러움을 몽땅 사고 있는 봉급쟁이 남편도 떠올랐다.

오빠에 대한 애련한 마음은 울음으로 차오르는데, 사방에서 몰려드는 메마름이 먼저 귀를 통하더니 온몸으로 버석버석 감겨왔다.

"남편에 대한 직무유기와 의무태만을 저지르는 건 아니고요?"

"그럼 이런 경우, 아가씨와 도련님은 끝없는 간병지옥에 절 빠뜨려야 제가 부인으로서의 의무를 다한 게 된다고 생각하세요?"

간병지옥……

올케는 분명 그런 단어를 썼다. 끝이 없다고도 했다.

그 커다란 단어가 나온 뒤부터 나와 올케, 기훈은 모두 기력이 소진해지며 말이 없어져갔다. 이렇게 무거운 걸 보면 그 말이 진실인지도 몰랐다. 오빠가 지르는 단말마의 비명이 들려오다가 그것이 내 소리가 되어 터져나올 것만 같았다. 창밖의 가로수와 논밭은 후회 없이 여름을 보내고 말없이 충실하게 가을을 맞이하는 듯이 녹색으로 풍요롭게 넘실댔다. 이 방문객들은 무얼 하러 어디로 가고 있나…… 나는 삶이 이토록 우스꽝스러워지는 게 너무 쉬워서 허탈했다.

30분쯤 가다가 기훈은 갓길에 차를 세웠다. 기훈은 신경질적으로 차문을 열고 나가 괜히 발로 앞바퀴를 툭툭 차댔다.

"이 차론 거기까지 가기 힘들다니까 그러네."

차가 가지 못할 만큼 힘든 게 아니라 기훈은 회피하고 싶은 마음에 차를 느리게 운전하는 것 같았다.

마음이 급해진 올케는 창문을 내리고 고까워하는 표정으로 말을 했다.

"내가 운전해도 돼요?"

"관두세요. 아, 가긴 간다니까요. 지금 똥차 끌고 최선을 다해서 가고 있잖아요."

기훈은 퉁명을 부리다가 도로 운전석에 앉았다. 나는 인간관계에 돈거래가 있으면 준 자와 받은 자 사이에 주종관계가 성립된다는 말이 떠올랐다. 빚을 진 순간부터 준 자와 받은 자 사이에 전쟁은 시작되는 법인데, 상대방이 어떤 무기를 숨기고 있는지도 모르고 대적하러 가는 기훈이 딱하기도 했다.

저만큼 재활요양소가 보이자 긴소매 셔츠 안으로 내 팔에 소름이 돋았다. 이전에 모텔로 쓰던 건물을 개조해서 만든 재활요양원이라서 그런지 4층짜리 건물이 작은 성처럼 보였다. 일층 안내처에서 면회서를 작성하고 직원에게 주었다.

"오빠가 있는 방으로 올라가요?"

나는 의례적으로 올케에게 물었지만 결코 방으로 가지 않으리라고 짐작했다. 올케는 외국에서 온 김에 인사치레로 병든 친척을 잠깐 면회온 여자 같았다. 더러운 것은 보고 싶지 않고, 의례적인 인사만 하고 가려는 듯한 손님이었다.

"면회실이나 밖에서 만나요. 날씨 좋으니 요 앞뜰로 데리고 나가요."

나는 오빠를 일층 면회실로 데리고 와달라고 부탁했다. 기훈은 그저 고개를 숙이고 앉아만 있다. 기다리는 이 시간, 몇 번을 왔지만 여전히 실감나지 않고, 이 우연한 불행을 한사코 외면하고 싶다. 오빠, 제발 휠체어에 탄 모습으로 나타나지 말아요, 두 다리로 걸어들어 와요. 나는 주문을 중얼거렸다. 비극이 순간에 발생했듯이 순간적으로 사라지게도 되지 않을까.

요양원의 하루 일정이란 일정표가 붙어 있었다. 기상, 산책, 아침밥, 물리치료, 개별재활프로그램, 텔레비전 시청……

'우리 재활원은 가정에 복귀하는 비율이 43%에 달하는 우수 요양기관입니다'라는 벽보가 큼지막하게 붙어 있었다. 오빠가 저 43%에 들 수 있을까? 돌아갈 가정이 있을까? 만약 오빠가 매일 0.01%씩이라도 회복이 된다면 언제가 되나? 나는 오빠가 두 다리로 걷고 두 팔을 의지대로 움직이는 모습을 떠올렸다. 그렇더라도 그 옆에 올케가 있을 것 같지는 않았다.

'재활의 마음가짐'이라는 글귀도 붙어 있었다.

— 모두가 날 응원한다는 신뢰.

— 반드시 일어난다는 확신.

— 바위를 깨는 것 같은 기적은 우리의 마음.

모두가 불가능해 보이는 마술적 주문이거나 자기암시 효과를 노리는 말뿐이었다.

눈길이 부드럽고 성실해 보이는 젊은 남자 복지사가 휠체어를 밀면서 오빠를 데리고 들어왔다. 오빠는 우리 세 사람을 보자 얼굴 가득 웃음을 지어 보이려고 애썼다. 나는 그 순간 올케의 표정을 보지 않고도 알 수 있었다. 결코 한 발짝도 다가가지 않으면서 입으로만 웃을게 분명했다.

오빠가 휠체어에 의지해서 앉아 있는 게 아니라 12kg짜리 휠체어가 오히려 오빠의 어깨에 무겁게 얹혀 있는 것 같았다. 휠체어만 없다면 오빠가 자유롭게 걸을 수 있을 것 같은 상상에 나는 그걸 떼어내어 집어던지고 싶었다.

면회실은 4평 남짓한 공간으로 청결하긴 했지만 그 청결을 강조하는 락스 냄새가 짙게 배어 오히려 사람이 사는 공간의 냄새가 다 사라져 버렸다. 남자 복지사에게 정원으로 나가도 되냐고 물었다. 정원이라고 해봐야 잔디가 듬성듬성 깔린 마당에 불과하지만 그나마 등나무 아래에 벤치가 있어서 숨은 쉴 수가 있을 것 같았다.

오빠는 손가락이 제대로 쥐어지지 않아, 이제 뜨거운 커피가 든 잔을 잡고 스스로 마실 수는 없구나…… 내가 탄 그네를 밀어주던 힘, 자전거를 밀어주던 힘, 영어경시대회용 원고의 타이핑…… 모두가 오빠의 그 손에서 나왔는데 이젠 그 무엇도 할 수 없었다. 나는 오빠가 탄 휠체어를 밀기 시작했다. 나는 추억의 힘으로라도 그 휠체어를 밀어야 했다. 그런데 손가락에서 힘이 스르륵 빠져나갔다. 이 순간, 추억은 아무런 힘도 갖지 못했다.

아, 어린 시절 오빠는 놀이터에서 내가 탄 그네를 코가 벌렁이도록 힘을 주며 밀어주었는데…… 놀이터 바닥의 모래가 저만큼 아래로 보일 정도로 하늘로 높이 올라간 나는 오빠가 자랑스러워 와와 소리를 지르곤 했었다. 아버지는 늘상 밤에 늦게 들어오시고 앞치마를 입은 엄마가 없는 3남매만의 썰렁한 저녁 식탁도 오빠만 있으면 풍성하고 안온했다. 이모나 고모가 만들어서 냉장고에 넣어주는 반찬 외에 오빠는 우리에게 가끔 찌개를 끓여주기도 했다.

중학교에 입학하던 그해 봄에 나는 생리를 시작했다. 엄마도 언니도 없는 소녀의 첫생리는 참 난감하고도 쓸쓸했다. 마음을 진정시키려고 책상에 앉아 책을 읽는데, 나도 모르게 눈물이 떨어졌다. 며칠 후 나의 변화를 알아챈 오빠는 초콜릿 한 상자와 커다란 곰인형을 사다주었다.

"우리 과 여학생에게 살짝 물어봤더니, 그거 하면 단 음식이 막 먹고 싶어진대. 곰인형은 그냥……"

곰인형은 지금도 학교의 내 책상 위 한 켠에 낡은 추억처럼 앉아 있다. 처음에는 끌어안고 자거나 이야기를 나누던 동물이다가 지금은 고요한 정물이 되었다.

중학교 입학을 앞둔 나에게 영어 사전을 처음 사준 사람도 아버지가 아니고 대학교 영문과에 막 입학한 오빠였다. 그 사전의 맨 첫 갈피에는 '너의 삶에 작은 등불이 되길 바라며……'라고 씌어 있었다. 그 당시에는 그런 문구가 유행이었다. 오빠에게도 똑같은 영어 사전이 있었는데, 아예 그걸 통째로 다 외우려는 열정을 보였다. 오빠는 그렇게 닦은 토종 영어 실력으로 무역회사에 입사했고, 토종 영어로 외국 바이어와 일도 잘해 나갔다.

나는 중학교 때 오빠의 도움으로 교내 영어말하기 대회에 나갔었다. 오빠는 '시골쥐와 서울쥐'라는 동화를 요약해서 'The city mouse & The country mouse'라는 제목으로 원고를 타이핑해서 주었다. 타자기로 또박또박 쳐준 3장짜리 그 원고를 들고 오빠와 발음연습, 성조연습, 표정연습까지 해서 1등을 하고야 말았다.

그후부터 중고등학교 내내 영어 잘하는 아이로 통했던 나는 자연스레 영문과를 택했고, 지금까지 고등학교 영어 선생님 노릇을 하고 있다. 영어나 사전이 내 삶의 등불이 되었는지는 모르지만 밥줄이 된 것만큼은 확실했다.

등나무 아래 휠체어를 멈추었다. 오빠는 우리를 안다는 의미로 다시금 미소를 띠었고, 어설프게 손을 조금 들어 올렸다. 자신의 의지로 팔을 들어 올렸지만 완전한 각도를 이루지 못한 채 곧 힘없이 떨어졌다.

오빠는 한 달 전에 만났을 때보다 몸과 마음 모두 한쪽 구석이 더 많이 허물어져 나간 듯이 보였다. 두꺼운 책의 한 페이지 구석에서 가느다란 불길이 일고 점차 페이지 전체를 회색 연기가 덮어가다가 곧 잿가루로 사라져갈 것만 같았다. 눈앞에 오빠의 얼굴이 있는데도, 저건 아닌데, 라는 부정이 휘몰아쳤다.

올케는 손가락으로 핸드백을 만지작거렸다. 환자를 보면 의례 하는 동작인 손을 잡는다거나 말을 붙여본다든가 하지도 않았다. 눈으로 보는 시선은 분명 있지만, 마음이 담긴 시선은 정녕 아니었다. 낯설고 싫은 사람을 대하는 차갑고 객관적인 시선, 남편에게 그런 시선이 가능할까. 올케의 시선은 그랬다. 나는 올케가 이미 오빠의 부인도 아니고 우리 가족도 아님을 부르르 떨면서 실감했다.

그러나 다음 순간, 올케는 오빠에게 자신의 온기를 전달해서 의식을 자신 쪽으로 몰아야겠다는 듯, 핸드백을 왼쪽 어깨로 끌어 올리고 꽤나 다정스런 표정으로 오빠의 손을 잡았다.

"여보, 우리 유나 걱정은 말아요. 미국 외가에서 할머니랑 이모가 잘 돌봐주고 있어요. 이번에 12학년 올라가는데, 일류대학 가는 데는 문제없는 좋은 SAT 성적이 나왔어요. 여기 오기 전에 학교에서 진학지도 선생님 면담도 하고 왔어요. 당신, 유나를 잊어버린 건 아니죠?"

유나……라는 이름이 나오자 오빠의 얼굴에 분명 안다는 표정이 반짝 떠올랐다. 올케는 풀기 어려운 문제의 열쇠를 마련한 듯 아연 생기가 돌았다.

"좋은 대학은 등록금도 그만큼 비싸다는 거 당신도 알죠?"

나와 기훈에게 동의를 구한다는 듯 둘러보기까지 했다.

"당신 여기에서 퇴원하면 우리 미국에 가서 살아요. 유나가 대학교 졸업하고 취직하고 결혼하면 손주 재롱 보면서 재미있게 살 수 있어요."

오빠는 머릿속에 무슨 그림을 그렸는지 모르지만 고개를 끄덕였다.

저 여자는 남에게는 헛된 환상을 품게 하고, 그 사이 자신의 이익을 빼내가는 특별한 재주가 있구나. 올케는 이 순간 미망의 경사지를 향해 굴러내려 가는 오빠의 정신을 끌어올려 무망한 희망을 주고, 자기가 원하는 대답을 얻어낼 참이었다.

"정말 제발 그래 주슈."

기훈은 가소로움과 빈정댐, 약간의 희망까지 합쳐진 말을 내뱉었다.

나는 어울리지도 않고 소화할 능력도 없는 역할을 강요받은 배우가 되었다. 내 마음에서 우러나지 못한 대사는 처음 대본 읽기를 하는 배우처럼 어눌하게 흘러나왔다.

"오빠, 한 가지 물어볼게 있어요."

오빠는 무엇이든지 물어보라는 듯 인자한 표정을 지었다. 아플 때도 짓는 저 인자한 미소는 동생들을 대하는 오빠의 영원한 마음이다. 언제나 엄마가 부재한 집안의 장남으로서의 임무를 다하려고 애써온 오빠의 마음이 만들어온 길이다. 아버지가 그런대로 돈을 벌어 가장의 역할을 했다면, 오빠는 세세한 보살핌으로 엄마의 역할을 해주었다.

나는 오늘의 승패를 벌써 예감해버렸다. 오빠의 입에서 손에서 어떤 말과 글이 나올까. 아, 오빠가 제발 모질게 자신만을 위하는 사람이었으면 좋으련만. 그 순간부터 올케는 최신형 스마트폰을 꺼내더니 오빠가 말하는 것, 듣는 표정, 사인하는 것 등을 찍기 시작했다.

기훈은 그게 뭘 하려는 건지 모르다가, 어느 순간 얼굴이 파르르해졌다.

"……정말 대단하시군요."

올케는 만약 기훈이 5천만 원의 빚이 있다고 시인해도 갚아줄 돈이 수중에 없다는 사실을 알고 있기 때문에, 채무관계로 민사소송을 벌이고, 그때를 대비해서 증거자료를 만들고 있는 셈이다. 나는 담대하게 질문하고 어떤 식으로든 이 상황을 빨리 끝내고 오빠를 놓아주고 나도 놓여나고 싶었다.

"오빠, 3년 전에 기훈이에게 돈을 빌려준 적 있지요?"

오빠는 먼 산을 바라보고 있는 기훈을 향해 시선을 주더니 울듯한 표정이 되면서 그렇다고 고개를 끄덕였다. 나는 오빠의 기억이 흐려지기 전에 몰아쳐서 물을 수밖에 없었다.

"그러면 그 돈의 액수도 기억이 나요?"

그 순간 올케는 두 장의 종이를 핸드백에서 꺼냈다.

한 장은 1천만 원이라고 적혀 있고, 다른 종이에는 5천만 원이라고 적혀 있었다. 단지 선의밖에 가진 게 없는 사람은 용의주

도한 자에게 늘 패하기 마련이었다.

"기훈이 넌 할 말 없니?"

기훈은 여전히 미간을 찌푸린 채 하늘을 올려보고 있었다. 나는 심문자처럼 물었다.

"기훈이에게 빌려준 돈이 얼마예요?"

올케는 양양한 표정으로 오빠의 입만 쳐다보았고, 기훈은 여전히 뒤돌아 선 채였다. 오빠는 처음 불편한 오른손을 겨우 들어 자신의 몸을 가리키다가 기훈을 가리키며 뭐라고 중얼거렸다. 한참 종이를 뚫어지게 쳐다보던 오빠는 5천만 원이라고 적힌 종이를 가리켰다.

아, 오빠가 이 장면을 연출하게 된 이유를 알았다면, 진실을 떠나 혈육의 편을 들었으리라고 생각하자 귀가 또 아파왔다. 오빠의 비명이 환청으로 또 들려왔다. 그 환청을 누르기 위해 나는 더 크게 비명을 질렀다.

"아! 오빠, 그만…… 그만, 하세요."

올케는 기쁨의 소리를 지르지는 않았지만 그보다 더한 득의의 미소를 띠고 사진을 찍어댔다. 나는 '바보 같은 자식'이라고 기훈에게 절로 욕이 나왔다.

기훈은 일그러진 표정으로 쏘아 부쳤다.

"지구상에 내 이름으로 등기된 땅 한 평 없으니, 개인파산 신청 낼 거예요. 알아서들 하세요."

그는 발뺌을 했지만 올케는 지지 않았다.

“시골 선산 근처에 삼남매 이름으로 땅 쪼금 있는 거 알고 있어요.”

상대방에 대해 최후의 비밀까지 다 정보로 수집해온 올케는 정말 완벽한 소송인이었다. 이상하게 변형되어버린 올케, 원래 저런 사람이었던가? 저 사람이 아침에 눈뜨자마자 정장을 차려입고 극성맞게 교회의 새벽예배를 다니던 그 사람이었나? 나는 우리 모두가 오빠의 몸에서 피를 뽑아먹는 드라큘라나, 피를 빨고 독을 퍼뜨리는 살모사가 된 것 같았다. 통곡을 하고 싶은데, 그 어떤 마음의 소리도 울음으로 터져 나오지 않았다.

나는 한때, 올케와 함께 이 집안에 여자의 훈풍을 불어넣으며 잘 꾸려나가 볼 희망을 품었었다. 올케가 추석이나 설날에도 기꺼이 제사를 차리고, 아버지와 오빠의 핏줄을 이어받은 조카들이 커가는 모습을 보기도 하고 기훈과 나는 본가에 들른 편안함 속에 맛있는 음식을 같이 먹는 그런 풍경을 꿈꾸었다.

그러나 이제 난 저 여자에게 매달릴 힘이 없다. 오빠에게 남아 있는 나날들에 배어 있는 고통이 선연하게 보였다. 유기, 폐기, 방치, 식물인간 이런 단어들이 눈앞에 떠올랐다. 오빠는 복지사가 미는 휠체어에 실려 안으로 들어가면서 자꾸 뒤돌아보았다. 뒤돌아보는 그 시선을 바로 받지 못해 나는 얼굴을 돌렸다. 내 귀속은 용암처럼 끓으며 뜨거워졌다.

방문객 세 사람은 우리로부터 떨어지지 않으려는 오빠의 시선을 먼저 끊어버렸다. 바람이 휙 불었다. 바람결에 실려 온 나뭇잎들이 휠체어에 달라붙듯이 몰려갔다. 그러나 나는 락스 냄새와 화장실 냄새가 뒤섞인 그 건물 안으로 따라 들어가 또다시 작별인사를 할 마음이 생기지 않았다. 마음을 담지 않은 무심한 눈길로 그저 오래 쳐다보았다.

오빠는 정물화의 소실점처럼 내 마음의 풍경에서 사라져 건물 안으로 빨려 들어가 버렸다.

달그림자

나는 두 팔을 허우적대다가 아무것도 잡히는 게 없는 빈 공간이란 느낌에 밀려 팔을 내리고 천천히 눈을 떴다. 방안에는 아직 어둠이 남아 있었다. 꿈속에서 무언가 움켜쥐려고 허우적댔지만 여전히 빈손이었다. 어떤 발레리나가 아침에 눈을 떴을 때 몸이 아프지 않으면 그 전날 최선을 다한 삶이 아니었다고 말했는데, 그런 기준에서라면 이즈음 나의 하루하루는 완벽한 최선이었다. 온몸이 매 맞은 것처럼 무겁고 관절마다 아우성치듯 자기 위치를 알리며 쑤셨다. 단순노동이 가져온 근육의 피로를 그 고상한 발레의 연습에 비교하다니 쓴웃음이 배어져 나왔다. 창문에 푸른 기운이 돌고 방안은 물체를 식별할 정도로 빛의 시간으로 가는 중이었다.

나는 이불을 팽개치고 일어나 바로 일상복으로 갈아입었다. 요즘 나의 일상복은 통 넓은 싸구려 청바지에 검정색 추리닝 윗도리다. 몸에 맞거나 좋은 옷을 입는 게 목욕탕의 때밀이 아줌마란 지금의 내 처지엔 어울리지 않는 일이다. 좁은 집의 부엌 한쪽 벽에 붙은 작은 식탁에는 의자가 두 개뿐이다. 그나마 남편이 시골로 간 뒤 그 한쪽 의자에는 내가 아무렇게나 던져놓은 티셔츠나 바지가 늘어져 걸쳐 있을 뿐이다. 세수는 생략하고 양치질만 하고 후다닥 집을 나섰다. 시계가 거의 6시를 가리키자 그 시곗바늘이 찌르기라도 할 듯 마음이 쫓겼다.

이런 때는 혼자라는 게 무척 편하다. 딸아이와 남편과 나, 이렇게 세 사람이 같이 밥을 먹는 소위 식구 노릇을 해본 지가 언제인가 싶게 불과 몇 달 만에 혼자 사는 방식이 익숙해졌다. 분명 목적이 있어서 세 사람이 흩어져 살면서도 이젠 애초에 가졌던 그 목적을 되새겨보는 경우조차 아주 드물었다. 세 사람은 각자의 역할에 충실하면서 어디선가 무사히 잘 살고 있다는 소식만 알면 될 것 같았다. 나는 지금 식구들을 위해 연민이나 그리움을 가질 여유조차 없이, 어떤 목적을 위해 출발지를 떠나왔는지를 잃어버린 지친 순례자처럼 하루하루 보이지도 않는 목적지를 향해 가고 있을 뿐이다.

현관문을 나설 때 바깥공기의 서늘함이 머리를 일깨우며 혼자라는 사실도 더불어 일깨웠다. 지금 이 시간 우리 가족들은 어떤 모습일까. 남편은 이미 깨어나 비닐하우스 안에서 일을 할 시간이다. 남편은 고향으로 내려가서 폐교된 초등학교 교실에서 숙식을 하면서 친구 몇 명과 같이 판로와 경제성이 아울러 불확실한 유기농 채소를 재배하는 중이다. 딸아이는 지금 무얼 하는지 도통 가늠이 되지 않았다. 딸아이가 있는 그 미국이란 나라의 시간은 아무리 시차를 대입해서 계산해 봐도 현재가 몇 시인지는 정확히 몰랐다. 언젠가 이맘때 새벽 시간에 통화를 했는데 그쪽 시간으로 저녁이라고 했다. 낮과 밤처럼 시간대가 서로 멀고 다른 것처럼 사실 이젠 몇 년간 보지 못한 딸아이의 실체조차 가뭇했다. 나는 딸아이에게 그때 속으로 말했었다. "너는 늘 햇살이 비추는 쪽에서, 그 시간 속에 살아라. 여긴 너에게 언제나 밤 시간밖에 주지 못해."라고.

4월의 새벽 공기는 온몸에 차갑게 스며들어 아직 잠이 덜 깬 머리를 말끔한 각성 상태로 만들어주었다. 결혼 이후 22년이란 세월이 흘렀고, 불과 몇 달 전부터 22년 전과 비슷한 삶으로 되돌아갔는데도 흡사 어디 먼 곳을 헤매다가 이제야 제 길로, 혹은 가야만 하는 길로 들어섰다는 기분에 지금의 추락이 오히려 편안했다. 그동안의 분에 넘친 호사보다는 내 몸을 부려먹고 살아야 하는 지금이 나의 본성에 더 친숙했다.

제대로 된 사모님도 아니고, 그냥 전업주부로 다른 일을 안 하고 남편의 월급으로 끼니 걱정은 안 해도 되는 여자를 무엇이라고 부르면 좋을까. 나는 하나뿐인 딸아이도 유학을 가고 남편도 은행으로 출근을 하던, 지극히 평화로웠던 3년 전에는 무지 심심하고 돈이 쪼들려도 끝까지 돈벌이를 하지 않았다. 다시 돈벌이를 시작한다면 결혼하기 전의 처지로 되돌아갈 것만 같았다. 그렇게 나처럼 버티던 고등학교 동창들도 마흔 살이 넘자 애들 학원비라도 벌어야 한다며 하나둘씩 대형마트의 계산원이나 식품 판매원 일을 하기 시작했다. 고등학교 동창이라고 해봐야 시골 여상 때 친구나 서울로 올라와 다니게 된 산업체 부설 야간 고등학교 친구라 다들 형편이 좋지 않았다.

고등학교 2학년을 마치고 서울에 와서 산업체부설 야간 고등학교를 다니며 공장에서 돈을 벌자 그토록 먹고 싶었던 은박지에 싼 미제 초콜릿과 머리칼에 황홀한 냄새를 풍기게 해주는 레브론 샴푸를 내 돈으로 살 수 있다는 게 가장 기뻤다. 행복의 실체를 눈앞에 보여주는 돈의 위력이 감탄스러웠다.

결혼하면서 13평이지만 처음으로 아파트에 살게 되자, 편안해 보이는 전업주부가 되고 싶었다. 남편돈, 시댁돈, 친정돈으로 편히 사는 여자들을 보자 이를 악물고 돈을 벌려던 내 모습이 불쌍하고 무가치하게 느껴졌다. 나는 그 시절로 되돌아가지 않겠노라고 안간힘과 허세를 합쳐가며 버텼는데 그래도 밥벌이의 시간은 예정된 운명처럼 다시 저벅저벅 발소리를 내며 다가왔다. 내가 가지고 있었던 알량한 소유물마저 바닥을 드러내면서 내 처지가 부당하다는 소리가 점점 가까이 다가왔다.

상업고등학교를 졸업하고 은행에서 경리 업무부터 시작한 남편이 50살까지 시중 은행에서 버틴 것만도 기적에 가까웠다. 나는 꽤 오랜 시간 동안 양지쪽에 서 있어 보았다는 데서 위로를 찾았다. 사무직인 은행원 남편을 둔 덕택에 잠시 사모님 소리를 듣기도 했었다. 13평 아파트에서 31평 아파트를 갖게 되기까지의 시간이었다. 그리곤 유예되어 있던 세계로 너무 늦지 않게 시간을 맞추어 들어가는 사람처럼 자연스럽게 음지로 옮겨갔다. 그동안 어설픈 사모님 노릇을 하면서 나에게 이런 시간이 결국 닥쳐오리라는 사실을 예감하고 있었다. 원래 내 것이 아니었던 소유물들은 억지로 손에 그러쥔 한움큼의 강물보다 더 쉽사리 빠져나갔다.

다른 아쉬움도 많았지만 나는 무엇보다 같이 어울렸던 아파트 여자들을 놓치기 싫었다. 그녀들과 함께 커피를 마시고 수다를 떨 때 느꼈던 묘한 안락감과 고양감을 영원히 내 것으로 만들고 싶었다. 그 여자들 모두 나처럼 31평짜리 아파트에 살았지만 그 속내는 천양지차가 났다. 31평 아파트가 시발점인 사람도 있고, 종착점인 사람도 있는 것이다. 대부분 부모가 결혼할 때 집을 사준 부류들이 가장 풍요로웠고 전문직 남편의 월급을 모아서 집을 산 여자들이 그다음이었다. 내가 한때 소유했던 31평 아파트는 남편이 신용도 높은 은행원이란 이유로 집값의 절반 이상을 대출을 받을 수 있었기에 가능했다. 남편의 월급에서 삼분지 일을 대출금의 원금과 이자를 갚는 데 쓰면서도 나는 충분히 그럴 가치가 있는 선택이라고 생각해서 그 무리한 일을 계속해 나갔다. 결정적 파국이 도래할 때까지 말이다.

나에게는 대출 덩어리인 그 31평 아파트가 내가 이 사회에서 올라갈 수 있는 위치의 정점을 의미했다. 그러나 아주 짧은 시간밖에 머물 수 없는 위태로운 정점이었다. 고등학생 딸을 엄청난 무리인 줄 뻔히 알면서 미국에 유학을 보낼 때 집은 이미 팔았고, 그 절반을 남은 융자금을 갚는 데 쓰고 나자 13평 아파트를 살 돈도 채 남지 않았다. 계약하고 이사하기 전까지의 기간을 2달로 잡았다. 그 기간 동안 나는 최후의 만찬을 음미하는 사람처럼 하루하루를 그 아파트의 여자들처럼 지냈다.

오전에는 누군가의 집에 모여서 커피와 수다를 한꺼번에 즐기고, 일부는 헬스클럽으로 떠나고, 일부는 같이 홈쇼핑 채널에서 보석을 구경하고, 누군가의 차를 타고 교외로 점심을 먹으러 다녔다. 아이들이 학교에서 돌아오는 오후 3시가 되면 그녀들은 맹모의 표정을 지으며 각자의 집으로 돌아갔다. 나에겐 그 시간들이 달콤한 추억이 되었다.

목욕탕의 불을 켜자 축축한 공기가 달려들었다. 때 미는 곳인 이른바 세신실 한편으론 이곳에 근무하는 때밀이 아줌마 3명이 쓰는 물건들이 정리되어 있다. 그곳에 쌓인 초록색 때밀이 타올과 각질제거제, 각종 오일과 물바가지 그리고 통통한 내 몸뚱이가 내 밥벌이의 도구들이다. 나는 찬물 한 바가지로 얼굴을 씻고 거울을 보았다. 눈 밑에 검은 기미가 무리지어 나타났다. 그 기미는 내 얼굴 피부 저 아래쪽에 자리잡은 질기디질긴 뿌리와 같았다. 얼굴 표면의 상태가 좋지 않을 때만 그 거대한 뿌리를 드러내며 눈 아래 얼굴에 검은 달무리 형태로 자리잡았다.

31평 아파트에 살 때 나는 이 기미가 보이지 않도록 세심하게 화장을 하곤 했다. 몸과 마음이 편안하면 기미가 잘 보이지 않았다. 숨어 있던 검은 기미가 다시 보일 때면 내가 가죽봉제공장을 그만 둔 25살 이후 나의 삶은 허황된 것이었는지도 모른다는 생각이 치밀어 올랐다.

인생에서 행운 따위는 존재하지 않음을 봉제공장에서 보낸 그 시간 동안 강하고 날카로운 미싱 바늘보다 더 날카롭게 깨달았으면서도 여전히 나는 행여 나에게 올지 모를 행운 따위에 모든 것을 걸기도 했다. 결혼 동기도 어쩜 그랬을지도 모르겠다. 남편이 상고 졸업생이지만 손에 물을 안 묻히고 월급을 타는 은행원이라는 조건이 너무도 마음에 들었다. 자신의 책상 위에서 서류를 보면서 하는 일을 가진 남자라면 그 누구라도 좋았다.

하나뿐인 딸아이는 정말 책상 위에서 일하는 여자로 만들고 싶었다. 딸아이 영지가 중학교를 졸업할 무렵 나는 돌연히 영지의 미국 유학을 결정했다. 적극적인 격리를 시키지 않으면 나의 미천함이 딸에게 그대로 상속될 듯한 위기감이 들었다. 아빠가 은행에 다니는 집의 외동딸로 포장되어 있던 영지지만, 미국 유학은 주위의 사람들에게 놀라움을 주었다. 나는 어딘가 숨겨둔 돈이나 유산이 있는 집안으로 모든 이들을 속이는 기분이었다. 그리고선 착착 진행을 해나갔다. 나는 융자가 아직 반 정도 남아 있는 아파트를 담보로 제2 금융권에서 추가대출을 받았다. 아파트를 사고 난 뒤 몇 년 동안 갚은 금액만큼 대출금은 또다시 늘어났다. 남편은 은행에서 퇴직을 했고, 나는 목욕관리사 교육원, 즉 때밀이 학원에서 때밀이, 마사지, 머리지압, 경락, 안마 등을 한 달간 배우고 이 헬스클럽 세신실에 들어온 것이다.

처음에는 덥고 습한 세신실 속에서 땀을 흘리게 되자 온몸에 땀띠가 났고, 팔이 부어오르고 감각이 둔해졌다. 어울리지 않았던 양지쪽의 생활이 언제였나 싶게 잊혀져가고 난 음지 속에 웅크린 곰 한 마리처럼 변해갔다. 그러나 지난 시간은 음지까지도 나를 따라와 더 멀고 어두웠던 지난날로 데리고 갔다. 차라리 기억이 없는 곳에 살고 싶은데 현실은 늘 그 과거에 완고하게 뿌리를 내리고 있어 끝끝내 도망치지 못하게 만들었다.

세신실에 출근한 지 한 달 후에 그녀, 진숙을 만나게 된 것이다. 아! 김진숙, 그 이름을 되뇌이자 습한 세신실을 떠도는 검은 곰팡이가 일순간에 모두 내 몸에 내려앉는 것 같았다. 처음 진숙이 휙 지나갈 때는 낯이 익은 듯한데 정도였고, 세신실로 들어서

려던 그녀가 힐끗 내 쪽을 보는가 싶더니 황급히 시선을 거두며 도로 나갈 때 확실히 알아보았다. 진숙이도 나, 이정희를 의식했음을……진숙은 날씬하고 탄력이 넘쳐 얼핏 무척 젊어 보였다. 나는 내 나이가 48살임을 떠올렸고, 그러면 나의 이 항아리처럼 퍼진 몸과 물기 없는 얼굴이 자연스럽다고만 생각했다. 자연스럽기로 말하면 나와 같은 상태가 맞을지도 몰랐다.

그런데 도무지 내가 때를 밀어주는 사모님들도 나이를 알 수가 없었다. 피부과와 성형외과에 뿌려지는 돈의 위력은 나이까지도 천천히 다가오게 만들었다. 특히 화장을 하고 최신 유행의 옷을 입고 있으면 더 나이를 가늠하기 어려웠다. 알고 보니 진숙은 이 헬스클럽에서 유명한 존재였다. 그것도 날씬한 몸매와 화려함으로 유명했다. 깡마른 몸매가 득세를 하는 세태가 아줌마들 사이에도 퍼져서 조금이라도 더 마른 사람이 부러움을 샀는데 진숙은 거기에 딱 들어맞았다. 대부분의 중년 여인들이 포대자루처럼 출렁이는 뱃살을 세월이 주는 원치 않는 이자처럼 떠안고 살면서 체념을 하는 터라 진숙의 납작하고 탄력 있는 복부는 경외의 대상이었다.

나이를 가리지 않고 날씬한 몸매를 가져야 한다는 의식이 독재자처럼 여자들을 지배하고 있었다. 헬스클럽에 오는 모든 여자들은 그 유행의 독재에 굴복해서 몇 시간 동안 런닝머신 위를 뛰면서 한숨을 쉬었다. 헬스클럽 내에서는 진숙이 일류여대를 졸업하고 대기업에 취직해서 그곳에서 집안도 번듯한 남자를 만나서 결혼을 했다는 소문이 돌고 있었다. 그러나 한쪽에서는 그 얘기 자체가 진숙이가 지어낸 이야기라는 설이 강력하게 나돌았다. 이 헬스클럽 여자들 중에서 아무도 그녀의 집에 가본 사람이 없다는 것이 유력한 증거라면 증거였다.

게다가 진숙은 재즈나 요가 등 그룹으로 하는 운동반에는 전혀 참여하지 않고 오로지 기구를 이용해서 혼자 운동을 했다. 진숙이 헬스클럽에 나타나는 시간도 문제였다. 보통의 주부라면 집안일을 대충 끝마친 오전 10시경에 오기 마련인데 그녀는 오후 3시경에 나타났고 헬스장을 돌아다니며 온갖 기구 운동을 2시간 동안 줄기차게 한 뒤 1시간을 사우나에서 땀을 빼거나 마사지를 받고 6시가 가까워져서야 긴 머리를 틀어 올린 채 간다는 것이다. 술집이 영업을 시작하는 시간이라는 게 또한 여자들의 추론이었다.

그다음 진숙에 관해서는 전신성형설도 퍼져 있었다. 여자의 신체 부위 중 결코 나이를 속일 수 없는 목을 보면 분명 40대 중후반으로 짐작이 되는데, 주름살 하나 없는 얼굴과 탱탱한 복부 때문에 말이 엇갈리기 시작했다. 진숙이 타고 다니는 외제차에 대해서도 견해들이 속출했다. 폐차 직전의 중고차라느니, 빌려서 탄다는 등의 이야기가 덕지덕지 붙어 다녔다. 아, 나는 그럴 때마다 진숙의 지난날을 떠벌리고 싶은 충동에 떠밀렸다.

나는 자기 한 몸만 잔뜩 화려하게 꾸미고 초라한 연립주택에서 빠져나오는 진숙을 상상했다. 혹은 목돈은 한 푼도 없이 강남의 조그만 오피스텔에 월세를 살면서 소지품만 화려한 여자를 생각했다. 초라하게 살기는 죽어도 싫은 여자들 그룹에 진숙을 꿰어 맞추고 있었다.

나는 정식으로 진숙을 만나기 전에 누구에겐가 진숙의 지난날을 캐묻지 않을 수 없었다. 나와 친하지는 않지만 고향 친구들 중 발이 넓은 것으로 유명한 혜자의 전화번호를 겨우 알아내서 전화를 했다. 내 나이 정도가 되어 소식이 없던 친구에게서 뜬금없이 전화가 와서 다정하게 굴면 다단계 판매나 보험 권유인 경우가 많았다. 혜자가 품은 경계와 의심의 태도가 얼굴이 보이지 않는 전화 너머로도 느낄 수 있을 정도였다. 혜자는 서울, 그것도 강남에 살고 있어서 고향 친구들에게는 두 가지 얼굴을 보이고 있었다.

"내가 뭣 좀 물어볼게. 보험이나 물건 파는 거 아니고, 순전히 호기심 때문인데, 너 김진숙에 대해서 좀 아는 게 있니?"

"왜? 걔 무지 잘살고 있잖아. 같이 서울로 갔던 네가 더 잘 알지 않아? 걘 결혼 잘했잖아."

혜자는 우리 동창생들 가운데 결혼을 잘해서 부자 대열에 무임승차한 얘기의 주인공이 있는데 그게 바로 진숙이라고 했다. 나같이 못사는 동창생에게는 알려주지도 않고, 재경동창회라면서 서울에서 이른바 중산층 비슷하게 사는 친구들끼리만 연락을 하고 지내면서 모임도 갖는다는 것이었다. 지방 도시의 여상 출신들이 서울에서 제대로 자리잡고 살아갈 가능성은 매우 낮았다. 대개는 그 도시의 고졸 출신 남자와 결혼해서 작은 식당이나 화장품 가게 등을 꾸려가면서 허름한 지방 아파트에서 대부금을 갚으며 허덕대고 살았다.

"그래서 실제로 진숙이네 집에 가본 친구들이 있니?"

나는 그 대답을 기다리는 잠시의 틈이 진실과 허위를 판명하는 절체절명의 순간같이 느껴졌다. 입술과 목이 타들어가고 어느새 꿀떡 하고 목울대를 타고 무언가 넘어가고 있었다.

"응, 나도 가봤어. 3~4년 전인데 강남의 한 빌라에 살더라. 집이 70평은 족히 돼 보이더라."

70평, 나는 아득해졌다. 아파트의 평수가 삶의 총체적인 역량을 대변해주는 현실에서 13평과 70평의 간극은 하늘과 땅 차이만큼이 아닌가. 나의 예상과는 다른 진실의 세계가 펼쳐지고 있었다. 진숙은 남편 잘 만나서 자신의 얼굴과 몸매만 가꾸고 살면 되는 복 많은 여자로 살고 있다는 얘기였다. 그러나 이 세상에 공짜란 없다는 게 48년이란 시간이 내게 심어준 삶의 철학이라면 철학이었다. 진숙이가 무언가 엄청난 희생을 치르고 돈 걱정 없이 살게 되었으리라는 게 내 추측이었다.

그것은 일찍이 산업체 부설 고등학교를 다니면서 봉제공장에서 미싱을 박을 때 터득한 삶의 엄정한 원칙이었다. 그곳 봉제공장에서 일하던 동료들은 우선 하나같이 집안이 가난했다. 그들이 삶의 조건을 그대로 받아들이고 순응한다면 결혼을 해도 사는 방만 바뀔 뿐이고, 몸에 배어 있는 구질스러움과 '궁기'는 결코 떨치기 어려웠다. 그것을 떨치고 일어난 애들에게는 소녀가장으로 여기고 매달리기만 하는 가족을 떠나 일단 서울로 향했다는 공통점이 있었다. 학벌이나 재산이 좀 있는 남자에게 계산적으로 접근한 친구들 가운데 몇몇은 그 작전이 성공했다. 진숙은 그럴 가능성이 높았다.

"진숙이 남편은 직업이 뭐래니?"

"글쎄다, 무슨 사업인가 한다던데."

사업? 번듯한 이름을 대지 못하는 걸 보면 음지쪽에서 일하기가 쉬웠다.

"애도 있니?"

"어, 아들 하나 딸 하나 있다는데 다들 미국에 유학을 가서 집에는 없대. 그리고 남편도 거의 중국에 있다나 봐. 뭔가 사업을 하는 모양이던데 중국에 그 생산 공장이 있다더라."

"너 그 집에 갔을 때 걔네 식구들 사진 봤어?"

"글쎄, 사진까지 보지는 못했어. 잠시 커피 마시면서 아 정말 좋은데 사는구나 부럽다 이런 생각만 잔뜩 하고 왔거든. 그 넓은 집 구석구석이 어찌나 세련되게 꾸며져 있는지 꼭 모델하우스

같더라니까. 여자로 태어나서 그렇게 호화롭게 한번 살아봤으면 원이 없겠더라."

혜자의 말끝마다 절절히 배어나는 부러움에 나는 그 생활이 몽땅 허위일 수 있다는 말을 뱉지 못했다.

"근데 그 남편이 같이 사는 느낌이 들었어?"

그렇게 말하면서 나는 현지처나 정부를 떠올리고 있었다.

"어휴, 의심하려고 들면 한정 없어. 나머진 네가 알아봐."

혜자는 친구의 프라이버시를 보호해야 한다며 교양 있는 서울내기 아줌마처럼 말을 끊었다.

나는 혼자서 진실 캐기에 들어갔다. 나는 진숙이가 가끔 세신실에 내려와서 때를 민다는 사실을 알아냈다. 같이 세신실에 근무하는 두 아줌마도 벤츠아줌마라는 별명으로 진숙을 알고 있었다. 근데 요즘은 통 세신실에 오지 않았다고도 얘기했다. 어쩌면 내가 이곳에 근무하고 난 뒤부터였는지도 몰랐다. 알고 보니 진숙은 세신실과 마사지실, 심지어 찜질방 숯불가마를 청소하는 아줌마 사이에서도 인기가 높았다. 팁을 잘 주고 무시하는 행동을 하지 않기 때문이다. 불가마 입구에서 문을 여닫느라 입구를 지키고 앉아 있는 염씨 아주머니는 아주 진숙이에 대한 칭찬을 달고 살았다.

"어찌나 경우가 바르고 사람 위아래를 아는지 이 불가마에 올 때 빈손으로 오는 걸 못 봤어. 나 먹으라고 야쿠르트 한 병이래

두 꼭 챙겨와. 아무리 잘사는 여편네라도 우리 같은 사람한테 그리 마음 써주기 쉽지 않거든."

나는 그게 얼마나 계산된 행동인지 밝히고 싶었다. 그러나 30년이란 시간이 또 확신을 증발시켰다. 그 시간이면 인간성이건 몸매건 그 무엇도 다 바뀌거나 바꿀 수 있는 긴 시간이었다.

나는 헬스클럽 정회원 명부를 들쳐보았다. 주민번호 앞자리가 나와 같음을 확인하고, 현재 주소를 살펴보았다. 주소지는 이 헬스클럽에서 가까운 일원동의 빌라로 되어 있었다. 고등학교 동창들이 가봤다는 그 빌라가 실제 존재하기는 한 모양이었다. 그런데도 도무지 진숙의 실체가 느껴지지 않음은 무슨 이유인지 몰랐다. 진숙의 현재 상태를 부정하고 싶은 마음에서 끝없는 의구심이 생겨났다. 진숙이 어떻게 대학은 갔다는 건지, 결혼은 누구랑 그렇게 잘했는지, 얼굴과 몸은 어떻게 재창조했는지, 무슨 일을 하는지 의심에서 출발한 궁금증은 커져만 갔다.

그러나 헬스클럽 내에서 그녀를 탐문하고 다닌다고 누군가 알게 되면 안 되었다. 좋은 일이라도 종업원들에겐 손님에 대한 이야기가 금기로 되어 있었다. 가령 어떤 사모님이라 불리는 손님이 "아휴, 아줌마, 나 요즘 살이 더 찐 것 같지 않아요?"라고 물었을 때 며칠 전보다 분명 더 튀어나온 그 배를 보면서도 진실을 말해서는 결코 안되는 것이다.

나는 진숙이를 만날 기회가 오기만을 기다리게 되었다. 그녀의 실체를 밝혀낼 사람은 나밖에 없다는 이상스런 의무감까지 들었다. 그런 날은 예상보다 빨리 찾아왔다. 때 미는 손님이 없어서 접수 보는 아가씨와 잡담을 하고 있는데, 갑자기 주변이 환해지면서 향수 냄새가 먼저 깔리더니 진숙이 나타났다. 그날따라 운동과 사우나, 화장까지 다 마치고 나가는 진숙의 모습이 유난히 화사했다. 나는 그 화장을 확 벗겨서 성형수술 자국이 아직도 남아 있는 눈과 인조눈썹을 뜯어내고 누워도 처지지도 않는 커다란 플라스틱 가슴을 사람들에게 보여주고 싶은 충동이 일었다.

진숙이가 내가 가진 것 중 단 한 가지도 가져가지도 훼손하지도 않았고, 나에게 돌아오는 이득도 없지만 무언가 부당하게 얻고 있는 사람에게 비아냥이라도 한 바가지 퍼부어야 할 것 같았다. 나는 자리에서 일어나 진숙을 향해 뛰었다. 나는 최신 유행 핸드백을 들고 선글라스를 쓴 진숙이를 등 뒤에서 불렀다. 지하 주차장으로 내려가는 엘리베이터가 있는 곳이었다.

"진숙아!"

내 목소리가 뚜렷하게 들릴 만큼 가까운 거리임에도 불구하고 그녀는 몇 발짝 그냥 앞으로 나아갔다. 나는 다시 한 번 크게 불렀다.

"진숙아!"

그래도 대답하지 않으면 그녀의 목이라도 낚아챌 듯 알 수 없는 열기가 솟구쳤다. 사람은 그 뒷모습이 더 정직하다고들 말하는데 그 말에 대입해 본다면 그때 진숙의 어깨는 적개심으로 바르르 떨리고 있었다. 진숙이가 비로소 뒤돌아보았다. 획 돌아선 진숙은 그 완강한 몸짓에 비해서는 아주 낮고 부드럽게 말했다.

"서로 모르는 척하면 안될까?"

"너도 나를 알고 있긴 했구나."

"네가 헬스클럽 내에서 나의 뒷조사를 하고 다닌다는 걸 알고 나서 너를 유심히 봤더니 그 옛날 한때 알던 친구더구나. 그래 뭐가 궁금해서 그렇게 호구조사를 하고 다녔지?"

"한때라고……?"

거기까지 달려온 나의 행동을 진숙이가 그렇게 정리해버리자 그 말이 맞는 것도 같았다. 그러나 한때라고 말하기엔 둘이 같이 겪은 경험의 농도가 푸른 멍처럼 짙지 않을까. 내 얼굴 피부 깊이 감추어 있던 검버섯이 세월을 뚫고 다시 돋아난 것처럼 뿌리가 깊지 않은가.

나는 진숙이 과거와 끊기 위해 필요 이상으로 매몰차게 행동한다는 것을 알아챘다. 나도 결코 되돌아보고 싶지 않은 지난 시간들이니 진숙도 마찬가지일 터였다.

"그냥 네가 하도 잘 산다기에 궁금했던 것뿐이야."

"내가 좀 잘 살면 안 되니?"

나는 바로 속내를 꿰뚫으며 치받는 그녀의 말에 뜨끔했다. 내가 무슨 말을 하려는 순간, 진숙이가 획 돌아서서 엘리베이터 속으로 사라져버렸다. 나는 멍해지며 저렇듯 단호한 진숙의 태도를 경험했던 지난 시간이 떠올랐다.

고등학교 2학년 때까지 진숙과 나는 고향인 옥천에서 같은 여상을 다녔다. 진숙은 삼남매의 장녀로 홀어머니가 시장에서 채소장사를 하는 동안 동생들을 돌봐야 했다. 당시 서울에는 의류수출이 잘돼 많은 봉제공장이 생겨났고, 이른바 공순이가 모자라자 숙식을 제공하고 정규 고등학교 과정 공부를 시켜준다고 시골 우리 학교 앞에서까지 대대적인 선전을 해댔다. 그래도 나는 서울에 갈 엄두를 내지 못하고 좁은 방안에서 낡은 여성 잡지를 들추며 사고 싶고 먹고 싶은 것이 나와는 멀다는 작은 절망감에 빠져 있기만 했다. 그런 나를 불러낸 진숙은 오랫동안 준비를 해왔던 듯 "우리 서울로 가자"라고 말했다. 나는 막연한 열망을 실현시켜줄 구세주를 만난 기분이었다.

"그럼 어디서 살 건데?"

나에겐 이 사실도 매우 중요했다. 좁은 방안에서 언니와 남동생과 같이 지내는 게 싫어서 누군가 나에게 따로 방 하나를 준다면 영혼이라도 팔고 싶은 심정이었다.

"회사에서 공부도 시켜주고 먹이고 재워준대."

"너 동생들은 어쩔 거야?"

"막내도 새봄에는 중학교 들어가니까 내가 밥 챙겨주지 않아도 될 거야."

진숙은 서울 가서 자신이 돈을 벌어 동생들 학비를 대겠다고 어머니와 동생들을 설득했다. 우리집은 내 한 몸 밥값 덜어지는 걸 은연중 다행으로 여겼고, 야무진 진숙이와 동행이라니까 안심하는 분위기였다. 진숙과 나는 예정대로 구로동의 가죽과 오리털 의류 수출회사에 들어갔고, 고등학교 3학년으로 산업체 부설 학교도 다니게 되었다. 처음에는 진숙과 낯선 환경에서 서로 의지하며 더 친해지기도 했는데 진숙이는 금방 적응했고, 서울도 별것 아니라는 식으로 얘기하더니, 6개월 후에는 자기는 더 좋은 곳으로 간다며 회사를 그만두었다. 그때부터 진숙은 나와 소식을 딱 끊었다.

여자들 중에는 어떤 사건을 계기로 그때까지 알고 지내던 사람들 대부분하고 관계를 끊어버리는 경우가 있는데, 겉모습으로 완전한 변신을 꾀하거나 구차한 과거를 영원히 묻어버릴 요량인 여자들이 그랬다. 나는 그때 잠시 고아가 된 것처럼 허둥댔지만, 나 역시 진숙이 과거 속에만 존재하기를 은연중 바랐다.

진숙이 전혀 자신을 보여주지 않고 그렇게 가버리자 나는 공장시절처럼 일방적으로 당하고 싶지 않다는 오기가 생겼다. 이번이 진숙의 실체를 밝혀서 무언가 확증을 얻을 수 있는 절호의 기회인 것 같았다. 여탕의 때 밀기는 오후 4시부터 6시 사이가 가장 한가롭기 때문에 잠시 외출하고 오겠다고 하면서 탕비실을 빠져나왔다. 나는 급히 나오면서도 마치 오래전부터 계획해왔던 듯 침착하기조차 했다. 1층 현관 로비에서 택시를 대기시켜 놓고 진숙이가 정회원용 지하 주차장에서 빠져나오기를 기다렸다. 진숙이의 은색 차가 스포츠센터의 주차장 입구에서 부드럽게 빠져나오고, 내가 탄 택시는 일정한 거리를 두고 그 차를 뒤쫓기 시작했다.

30분 정도 달리자 진숙이의 차는 강북의 어느 허름한 주택가로 접어들었다. 작은 평수로 이루어진 연립주택 단지였는데 차에서 나오는 진숙의 손에는 과일 봉지가 들려져 있었다. 택시 안에서 봐도 자기 집으로 들어가는 사람의 분위기는 아니었다. 나는 자신의 짐작을 믿으며 택시 안에서 진숙이 다시 나오기를 기다리기로 했다. 진숙은 2층에서 왼쪽 집으로 들어갔다. 3층짜리 연립주택인 데다 계단 중앙에 창이 나 있어 그녀가 202호로 들어간다는 것을 알 수 있었다. 나동 202호에 누군가 진숙과 관계가 있는 사람이 사는 것이다. 그때까지 내 행동을 보고만 있던 초로의 택시기사가 드디어 궁금증을 털어놓았다.

"저 여자분이 댁의 신랑하고 정분 난 여자랍니까?"

나는 뜻밖의 질문에 피식 웃음이 나왔다.

"아뇨, 그렇지는 않고 다른 일 때문이에요."

"그럼 저 여자한테 받을 돈이 있나 본데 저 차만 팔아도 돈은 꽤 될 텐데……"

나는 내친김에 찻값을 물어보았다.

“차가 아직 광택이 멀쩡한 상태인 걸로 봐선 3년도 채 안 된 것 같고, 저 차종이 원래 칠천만 원 정도 하니까 적어도 사천만 원은 받겠네요. 외제차는 중고차라도 과시용으로 사는 사람이 많아서 꽤나 가격이 나가요.”

기사는 아예 그렇게 단정을 지었고 나는 정말 진숙에게 무언가 받을 게 있는 것처럼 생각이 들었다. 나는 진숙에게서 그녀의 삶이 거짓이라는 확증을 받아내야 하는 것이다.

진숙이가 연립주택 현관으로 다시 나타났다. 아까 손에 들었던 과일 봉지는 보이지 않았고, 그녀의 얼굴은 좀 찌푸려져 보였다. 나에겐 선택의 순간이 다가왔다. 202호 연립주택을 찾아가 보느냐, 진숙이가 탄 차를 뒤쫓느냐의 갈등이었다. 나는 지금 눈앞에 있는 집을 찾아가기로 했다. 누가 사는지 모르지만 최소한 진숙이의 이름을 대면 문을 열어 주리란 확신이 있었다. 혼자서 잘할 수 있겠냐며 잔뜩 걱정하는 택시기사를 보내고 나서 202호 문 앞에 섰다.

나도 모르게 거칠어진 숨결을 가다듬고 벨을 눌렀다. 곧이어 인터폰으로 꽤나 또랑한 목소리를 내는 여자가 누구냐고 물어왔고, 나는 간단히 ‘진숙이 친구’라고 답했다. 말하면서도 내가 정말 진숙이의 친구인지 헷갈렸지만 지난날 친구였던 것은 사실이었고, 친구라는 이름을 빌려서 나쁜 짓을 하려는 것도 아니었기에 그건 적절한 대답이었다. 인터폰을 받은 누군가 또 다른 누군가에게 진숙이 친구 어쩌고 하는 말을 하는 게 잘못 녹음된 말처럼 잡음 속에 들려왔다. 잠시 후에 문을 열어준 여자는 내 또래로 보였다. 막상 호기 있게 현관에 들어서자 여기까지 내달아 온 동기를 알 수가 없었다. 거실 쪽을 바라보는데 80살쯤 되었을까, 한 늙은 여인이 휠체어에 앉아 있었다.

"댁은 누구유?"

그 노파가 먼저 물었다. 나는 나를 누구라고 소개해야 할지 또 망설였다. 발은 여전히 좁은 현관 타일 위에 붙은 채였다.

"우리 진숙이 친구라며?"

우리 진숙이? 그럼 이 노파가 진숙이의 엄마인가. 나는 노파에게서 오래전 보았던 진숙이 엄마의 모습을 찾아보았다. 억척스럽기로 유명했던 진숙이 엄마 '청성댁'이란 말인가. 이제 그 억척스러움은 억척스럽게 삶을 연장하려는 의지로만 남아 있을 것 같았다. 덧붙여진 30년의 시간을 그 얼굴에서 벗겨낸다면 가능할 것도 같았다. 나는 그대로 왈칵 어떤 감정에 휩싸였는데, 그건 유쾌하지 않은 과거로부터 밀려온 파도 탓이었다. 진숙의 어머니는 옥천 옆의 청성면에서 살다가 시집을 와서 '청성댁'이라고 하다가 자식 셋을 낳고 26살에 남편이 죽어 청상이 되고 말아서 '청성댁' 또는 '청상댁' 두 가지 택호로 불렸다.

"아, 네. 진숙이 친구 정희예요. 정희, 왜 옥천에서 옆집에 살았잖아요."

옥천이라는 말이 나오자 노파의 얼굴에 무언가 인식을 하고 있다는 표정이 떠올랐다.

나는 진숙이 엄마보다 또래 여자의 허락이 있어야 집에 들어갈 수 있는 상태라 그녀를 쳐다보았다. 그녀는 청성댁이 나를 인정하고 나자, 혹시 자신이 위험한 사람을 집에 들이는 실수를 하지 않았나 하는 의구심에서 벗어나는 듯했다. 내 또래로 보이는 여자는 자신이 간병인이라고 말하면서 곱상하게 생긴 만큼 제법 곰살맞은 성품을 곧 드러냈다.

"어휴, 잘됐네요. 어서 들어오세요. 할머니하고 말벗 좀 되어드리세요. 할머니가 치매가 있거나 한 건 아니에요. 그러니까 옛날이야기 나누면 통할 거예요. 할머니가 지난달에 큰 뇌수술을 하고 나서 가끔 섬망증이 나타나서 그런 거래요. 고령에 대수술을 받으면 신체 리듬이 깨지기 때문에 얼마간은 의식장애와 혼동현상이 일어나거든요."

그녀는 제법 전문 간병인다웠다.

"이 댁 따님 고향 친구분인가 봐요. 따님이 어찌나 할머니를 정성껏 모시는지 자녀들이 그러면 우리들도 자연히 더 열심히 돌보게 된답니다."

내가 아는 과거의 진숙은 장녀인 자신을 부엌데기로 부려먹는 엄마에 대한 불만이 머리 꼭대기까지 찬 소녀였다. 간병인은 미망의 늪으로 흘러 내려가 버리려는 청성댁의 의식을 다시 불러 들여야 한다는 듯 "할머니, 이 아줌마가 옥천에 같이 살았더래요."하고 크게 외쳤다. 진숙이 엄마는 나를 완전히 알아내지는 못했지만 일단 고향 사람으로는 인정을 한 듯했다.

"근데 한 가지 주의할 게 있어요. 할머니 손은 잡지 마세요. 누구 손이든지 잡기만 하면 꽉 잡고 놓아주질 않으세요. 손을 놓치면 저세상으로 떠나갈 것처럼 생각하세요."

나는 청성댁의 손을 바라보았다. 불완전한 주인의 의식과는 다르게 손은 무릎 위에 강건하게 놓여 있었다. 물에 불어 지문이 없어졌을 것 같은 손가락이었다. 늘 손가락 끝이 허옇게 물에 불어 이티의 손가락 끝처럼 뭉툭했는데 지금은 손마디가 몇 년 묵은 대추처럼 쪼그라들어 버렸다. 청성댁은 체머리를 흔들며 두서없는 이야기를 쏟아놓았다

"근데 우리 진숙이 첩 아냐, 첩 아냐."

노파는 계속 중얼거렸다.

"진숙이 걔 그리고 대학도 나왔어."

지금 상태의 청성댁이 거짓말을 할 리는 없고, 진숙이의 친구라는 말에 가슴속에 늘 응어리져 있던 말이 터져 나온 것이리라. 저 말이 다 사실이라면 진숙은 내가 추측한 삶과는 다르게 살아왔다는 얘기였다. 하도 여러 차례 이야기를 들어서 내력을 다 알고 있는 간병인이 진숙이 이야기를 들려주었다. 청성댁의 말은

거의 사실이었다. 진숙이가 나와 같이 일하고 공부했던 산업체 학교를 나온 후, 경리로 취직한 회사의 사장이 그녀의 남편이 된 것이다.

진숙은 처녀의 몸으로 아이가 둘인 홀아비 사장과 결혼했다. 진숙은 아이를 낳지 않고 대학을 다니면서 그 애들을 키우고, 대신 옥천에 있던 동생들을 서울로 불러올려 공부를 시켰다. 청성댁도 그때까지 계속하던 장사를 그만두고 동생들과 같이 서울살이를 시작했다.

나이가 많았던 진숙의 남편은 3년 전에 죽고, 진숙은 강남에 커다란 일식집을 차렸다. 남편의 자식 둘은 모두 유학까지 마친 상태로, 번듯한 직업을 가졌고 재산 상속도 싸움 없이 끝난 상태라 진숙은 일식집 여사장으로 불리며 경영에 몰두하고 있다는 얘기였다. 간병인은 진숙에 대한 칭찬을 아끼지 않았다.

"식당 여사장이 교양 있고 세련됐다고 그 주변에서는 유명하대요. 제가 봐도 참 열심히 살아요. 이 댁 따님."

"거기 식당이 어디예요?"

간병인은 잠시 후 거실 서랍에서 명함을 꺼내 주었다. 명함 속 일식집의 주소지는 서초동 법원 근처였다. 나는 그 명함이 진숙의 실체라도 되는 듯이 뚫어지게 읽어보았다. 나는 청성댁의 손을 한번 잡아 보고 그 집을 나섰다.

그 명함을 들고 교대역에서 내려 걷는 동안 진숙의 존재가 점점 크게 느껴졌다. 검은 나무와 흰 벽으로 지어진 식당의 외관은 일본의 이미지를 듬뿍 풍겼다. 간판과 명함 속의 전화번호가 일치했다. 나는 근처의 은행나무 뒤에 숨어서 일식집 안을 관찰했다. 카운터에서 손님을 맞아들이는 진숙의 모습은 세련된 젊은 모델처럼 보였다. 들어서는 손님들은 단골인 듯 진숙과 무언가 인사말을 제법 길게 주고받았다. 진숙의 표정은 안온했고 깍듯한 태도가 몸에 배어 있었다.

나는 일식집 입구 쪽으로 서서히 다가갔다.

버지니아 울프의 돌들

스마트소설

신부대기실

벚꽃동산

섬광 바라보기

그녀들의 석양 미팅

120만 원

오래된 부인

여름 나들이

심연의 방문객들

시적인 53년식 남자 K

신부대기실

네가 이 방으로 들어오면 나는 너를 붙잡고 같이 이 방에서 나가리라. 사라지듯 흔적도 없이 떠나가리라. 넌 꼭 이 방으로 들어와서 나의 손을 잡아끌고 나와 같이 이 방에서 나가야 한다. 나는 너를 기다리며 앉아 있다. 크림색의 작은 장미로 만들어 머리에 쓴 화관이 왜 가시면류관 같은지 모르겠다. 페이션트 장미라 불리는 이 크림색의 장미는 자못 우아하다. 그러나 꽃말은 이름 그대로 '인내' 라니 애초부터 치밀한 함정에 빠진 기분이다.

옆방과 로비에서 하객이라고 웅성거리는 저들은 모두 나를 유폐시킬 음모에 공모한 자들이다. 하객의 의미가 무엇인가. 축하하는 손님이다. 그런데 저들은 도대체 뭘 축하하려고 한껏 성장을 하고 왔을까. 하객들의 가장 절실한 관심사는 '잠시 후 먹게 될 밥이 맛이 있을까?' 이것뿐이다.

비록 여기까지 와서 이렇게 신부의 포즈를 취하고 있지만, 나는 끝내 그 새장으로 들어가진 않는다. 마음속에선 하루에도 열두 번씩 파혼을 꿈꾸었지만 여기까지 오고야 말았다. 그러나 네가 오면 나는 가리라. 네가 나를 어디로 이끌던 너를 따라 가리라.

넌 왜 아직 오지 않는가?

이제 5분밖에 남지 않았다. 내가 이 방에 유폐된 지 40분이 지났다. 최초의 10분 동안에는 엄마와 아빠가 들어왔다. 신부 다음으로 진한 화장을 한 엄마는 마냥 웃고, 미용사의 강권에 못 이겨 내키지 않는 표정으로 머리만 살짝 손질한 아빠는 웃지 않았다.

엄마는 결혼하는 딸의 모습을 보고 "아휴, 서른 살 안 넘기고 가서 정말 다행이네" 이런 어디서 많이 듣던 구전가요 같은 대사밖에 할 줄 모른다. 평소에 딸이 있으니 너무 좋아, 어쩌구 하면서 언니처럼 친한 척하던 엄마는 전혀 아니다. 엄마의 본심이 무엇인지 새삼 혼란스럽다.

내가 대학생이 되자, 이제 같은 여자로서 이야기가 통한다고 생각했는지, "난 말이야 네 아빠랑 같이 살기 싫어"라며 훌쩍이던 모습은 일시적인 투정이었을까. 30년 이상을 같이 살아온 부부라서 이런 날은 아주 떳떳한 혼주 자격이 있다는 듯 돌연한 자신감에 차서 한복자락을 맵차게 휘감아대는 엄마의 모습에 생기가 철철 넘친다.

난 내가 아빠의 최후의 연인이었음을 잘 안다. 대학생이 되어 짧은 스커트를 입은 나를 제대로 쳐다보지도 못하던 아빠의 그 여릿한 눈길을 언제나 품고 있다. 아빠는 울음을 감추고 신부 아버지 역할을 하려고 애쓴다. 그러나 끝내 기쁜 표정 따위는 떠오르지 않는다. 가족사진을 찍는 아빠는 참 낯설고 서늘한 표정을 지었다.

지난 3년간 친해온 저 남자, 신랑은 밖에서 하객들과 연신 악수를 하거나 인사를 하며 웃고 있겠지. 신랑은 비상하는 새처럼 저리 자유로운데, 나는 박제되어 이런 공간에 앉아 있는 이 순간의 대비적인 풍경만으로도 오늘 예비된 의식에 깃든 모든 음험한 비의를 알 수 있다.

내가 이 방을 나서면 아빠의 손을 잡고 저 또 다른 방인 식장으로 들어가야 한다. 저 방에 들어서면 거의 확실하게 나는 저 방에 하객으로 와 있는 사람들의 온갖 간섭 속에 살게 되리라. 아마 나는 까탈을 부리며 그들과 대적하지는 않을 것이다.

그런데도 나는 이 방에서 저 방으로 건너간 후 맞이하게 될 시간이 싫다. 어느 시인의 말처럼, 나를 키운 것은 8할이 바람이었다. 그리고 나는 너와 같이 흐름 위에 보금자리 친 영혼으로 살고 싶다. 말발굽 소리 휘몰아치는 몽골의 초원에 같이 눕고, 보스포러스 해협의 푸른 물도 같이 보리라. 앞으로도 갈 수야 있겠지만 치렁치렁 거느린 많은 것들 때문에 싱싱한 영혼과 맑은 눈빛일 것 같지가 않다.

이토록 지레 절망하는 건 지금 입은 드레스 탓도 크다. 온몸을 작게 보이기 위해 압박해오는 이 드레스의 조임과 수많은 핀으로 틀어 올린 머리칼이 싫다. 허리가 날씬해 보이도록 아침밥을 굶어서인지 속이 울렁거리고 상복부의 모든 살들을 가슴으로 끌어올린 오페라 가수 같은 내 모습도 싫다. 지금 나는 내가 아니다. 가장 나다워야 할 이 시간에 가장 나답지 않은 이 모습은 무엇인가? 가장무도회의 입장을 기다리는가.

이 방은 고립되어 있고 창문도 없다. 이 방 밖의 사람들은 내가 무슨 생각을 하는지에는 관심이 없다. 서로의 옷을 쳐다보며 비교해보거나, 얼마짜리 밥을 주는지가 궁금할 뿐이다.

아! 너는 지금이라도 이 방에 들어와서 내 손을 잡고 나가야 한다. 거의 마지막 시간이 다가왔다. 아니, 그렇게 수동적일 필요는 없겠다. 내가 이 방에 들어오기만 하면 나는 벌떡 일어설 것이다. 내가 먼저 너의 손을 잡고 이 방을 잽싸게 빠져나갈 터이다.

이 찐득함은 또 무엇이냐. 망사로 만든 장갑 구멍에 부케 꽃다

발이 얽혔다. 장갑을 낀 내 손과 부케가 떨어지질 않는다. 아, 이젠 정말 속절없이 얽혀버렸다는 낭패스런 예감이 덮쳐왔다. 부케도 꼭 내 신세를 닮아 있었다. 굳건하게 뿌리내렸던 대지를 떠나, 꽃시장을 거쳐 플로리스트의 손길로 부자연스럽게 칭칭 동여매어지고 오직 화사하게만 보이도록 만들어졌다.

아! 너는 끝내 오지 않는다.

너에게 난 절실한 존재가 아니었나 보다. 아님, 너를 부르는 내가 절실하지 못한 걸까.

이제, 문밖에서 누군가 신부님! 하고 부른다. 나를 데리러 온 모양이다. 나는 눈을 감는다. 무언가 내 머리에서 빠져나간다. 그 짧은 순간 나는 차라리 능동적이 되기로 마음먹는다.

내 힘으로 걸어갈 테다. 감금은 되었으나 묶어놓지는 않았던 의자에서 일어선다. 일어서다가 나는 여태껏 보지 못했던 화장대 위의 거울을 보곤 깜짝 놀랐다. 저기에 거울이 있었던가. 앉아서 상념에 빠져 있느라 거울이 있는지도 몰랐다.

나는 거울로 다가간다. 거울 위에 '행복! 그것에의 의지, 필요하다' 라는 작은 메모지가 붙어 있었다.

이 글은 누가 썼을까? 나인가, 너인가?

안녕, 푸르렀던 내 젊은 시간들이여!

벚꽃동산

왜 그 연극을 보러 가게 되었을까? 아침에 집어든 신문에서 「벚꽃동산」이라는 제목이 눈에 꽂혀 왔는지 '여성 연출가 김미우'라는 글자가 먼저 들어왔는지 모르겠다. 새로 공연하는 연극을 소개하는 기사에 여성 연출가 김미우가 연출한 안톤 체홉의 작품 「벚꽃동산」이 제법한 크기로 나와 있었다. 아침이면 아직도 종이로 된 신문을 읽고 그것도 연극공연이나 작품 소개를 하는 기사를 그냥 흘리지 못하다니, 잃어버린 영토를 그리워하고 다시 훌끗거리는 심정이었다.

대학교 연극반에서도 김미우의 존재는 우뚝했다. 모든 역할을 소화할 수 있는 이목구비가 또렷한 얼굴과 무대에 섰을 때 관객에게 전달력이 좋은 목소리를 가진 천부적인 배우감이었다. 게 다가 그녀는 영문과 재학생답게 구미의 문학작품에 관한 해석이 정확하고도 뛰어났다. 나는 그 시절에는 그녀의 재능을, 지금은 외길을 걸으며 재능을 갈무리하고 키워온 그녀의 끈기가 부러웠다. 재능이란 역시 폭발적인 면도 분명 있지만 계속하는 능력이라는걸 그녀는 보여주고 있었다.

바로 그 여자, 김미우가 연출을 한 작품, 지금까지는 배우로만 존재했던 그녀가 최초로 연출가로 데뷔하며, 동시에 여주인공 역할도 하는 작품이란 소개와 함께 여전히 매혹적인 김미우의 사진이 실렸다. 김미우의 자그마한 얼굴에 짙은 눈화장이 어울렸고 곱슬거리는 긴 머리칼이 주연 여배우란 분위기를 흠씬 풍겼다.

나는 공연표를 예매하지 않고, 지하철로 혜화역에 내려 그 소극장이 있다고 생각하는 방향으로 무작정 걸었다. 예매를 하지 않은 이유는 나 말고도 그 연극을 볼 관객이 많다면 굳이 나는 오늘 보지 않고 양보를 할 것이고, 매진이 돼서 보지 않게 되었으면 하는 심정도 있었다.

혜화동 로타리를 지나자 오른쪽으로 두 번째 골목 입구에 극단 '빙'을 가리키는 이정표가 보였다. 마치 내 머릿속에 오래전부터 이곳의 지도가 자리잡고 있었던 듯 자연스럽게 끌려서 도달했다. 이제는 제법 먼 시간인 20여 년 전 대학시절의 내가 여기로 이끌어온 것은 아닌가.

비가 내리는 이른 저녁의 분위기는 긴 6월의 해도 짧고 어둡게 만들어 버렸다. 연극 시작 30분 전이라 그런지 다행스럽게 표는 몇 장이 남아 있었다. 내 뒤에 이어온 사람들까지 표를 산다면 평일 저녁 공연인데도 완판이 될 듯했다. 소극장에서야 매진이 그리 어려운 일이 아니지만 벌써 공연 2주차에 접어들었는데 이 정도면 확실히 뒷심을 발휘해서 장기공연으로 가는 성공작에 속했다.

나는 소극장 밖의 대기의자에 앉아 한기와 습기가 느껴지는 그 분위기를 잡아들였다. 대기장소는 극장에 덧붙인 비닐하우스 같은 공간이었다. 소극장이란 거의 문을 열면 바로 공연장이기 때문에 따로 관객을 위한 대기장소가 없었다. 소박함이랄까 궁상이랄까, 이런 요소까지 소극장의 매력이라면 매력이었다.

내가 지금 사는 집은 이런 한기와 습기를 느낄 수가 없는 곳이다. 51층 주상복합아파트의 43층이란 쾌적함이 극대화된 곳이다. 비는 창밖으로만 내리고 구경을 할 뿐이지 지하주차장에서 차를 가지고 목적지에 내리면 더위와 추위, 비를 느끼는 건 순간에 불과했다. 편리성을 따라가면서 감각은 무디어져 가고 감정은 단순해져 갔다. 나는 지상에 높이 뜬 그 주상복합아파트에서 비가 내리는 비닐하우스 안으로 떨어져 내려왔다.

지붕으로 떨어지는 비의 질감이 고스란히 느껴지는 비닐하우스 대기실에서 대학교 시절의 연극반 풍경이 시간을 너머 빠르고 힘차게 쳐들어왔다. 연극 연습으로 밤을 새우다시피 하고 학교 앞에서 모두 해장국과 커피를 마신 뒤 열기에 차서 다시 새벽에 연습실을 찾아 들던 모습이 떠올랐다. 쉰 목소리와 허연 얼굴이었지만 완성에의 열망으로 들떠 있던 시간이었다.

대학교 연극반 3학년이었던 나와 김미우는 연극 「벚꽃동산」에서 여주인공인 '라네프스카야' 부인의 두 딸로 출연했다. 미우는 '아냐'로 나는 양딸인 '바랴'로 분해서 선의의 경쟁으로 연기력을 키워 나갔다.

연극반 반장이었던 4학년 언니가 '라네프스카야' 역을 했고 벚꽃동산을 사들이는 신흥지주계급인 '로빠힌' 역을 바로 1학년 신입생 윤재석이가 맡았다. '로빠힌'은 '바랴'에게 끊임없이 사랑을 표시하고 '바랴'는 그의 청혼을 기다렸으나 미적지근한 열정 속에 둘은 진전이 없는 관계로 그치고 말았다.

내가 비닐하우스 안의 플라스틱 의자에 앉아 입장을 기다리기 시작했을 때 이미 한 쌍의 남녀가 옆자리에 앉아 있었다. 분명 연인관계로 보였는데 남자가 눈에 띄게 어려 보였다. 젊다 못해 어려 보이는 그 남자는 옆에 앉은 여자에게 '누나가 내 마음 가져갔잖아요' 하는 투의 말을 끊임없이 하면서 들뜸을 감추지 못했다. 어쩌면 연상이라고 한사코 만남을 거절하는 여자에게 어렵사리 오늘의 연극 관람 데이트를 허락받고 처음 같이 나온 길인지도 몰랐다. 여자는 대개 연하의 남자에게 사랑을 받는 여자

특유의 분위기를 한껏 풍겼다. 나이를 가늠할 수 없고 지적이거나 육감적인 분위기 중의 하나인데 그 여자는 전자의 분위기를 지녔다. 약간 마른 듯한 몸매에 과하지 않은 화장, 젊은 남자와 같이 있으면서도 젊어 보이려 애쓰지 않는 태도에 자연스러운 멋스러움이 풍겨 나왔다.

「벚꽃동산」의 공연이 끝나고 재석이는 나에게 한 고백이 받아들여지지 않자 바로 군입대를 해버렸다. 나에겐 약간은 가벼운 결정이었는데 재석에겐 고통스런 상처를 준 결과물이었다. 그러나 재석의 마음은 내 마음속에 조용하고 따스하게 흘렀다. 그 후의 삶에서 남자들에게 실망하거나 남자들이 나에게 실망할 때 재석의 마음은 되돌아갈 원형처럼 존재했다. 나에게도 한때 존재했던 그 시간이 등대가 되어 멀리서 길을 잃지 말라고 반짝였다.

극장 안에서 종이 짧게 울리고 입장하라는 말이 나왔다. 소극장 안의 분위기는 낯설지 않게 나를 안으로 들어서게 해주었다. 암전 후에 켜진 무대 첫 장면에서 이제는 '라네프스카야' 부인이 된 김미우가 러시아 귀족여인의 모습으로 등장했다. 화사한 미모의 그녀는 구시대 러시아 귀족부인의 우아함을 온몸으로 풍기고 있었다. 나는 200여 석에 불과한 객석이라 언젠가 미우가 나를 알아볼 수도 있다고 생각했다. 레이스가 아름다운 러시아 귀부인의 드레스를 입은 미우의 허리는 여전히 잘록했다.

극의 초반에 파리에서 자신의 영지인 '벚꽃동산'으로 돌아온 그녀는 곧 경매에 부쳐질 그 집에 서서 과거의 추억에 찬 목소리로 말했다.

"그때는 행복이 매일 아침 나와 함께 눈을 떴어. 아아 내 정원! 어둡고 음산한 가을과 겨울을 지내고도 너는 다시 새롭게 젊디젊고, 행복에 가득 차 있구나."

모든 대사가 대화가 아닌 독백처럼 들리는 독특한 연극이라 관객을 향해 내뱉는 그녀의 대사는 화살처럼 가슴에 꽂혀 왔다. 그 순간 20년이란 시간을 거슬러 내가 했던 '바랴'의 독백이 생생하게 치고 올라왔다.

"만약 제가 돈이 있다면, 단돈 백 루불이라도 있다면 나는 모든 걸 팽개쳐 버리고 몸을 감추고 말겠어요. 수녀원에 들어가 버리겠어요."

내가 도망가버린 곳은 과연 어디인가? 성지인가 낙원인가 수녀원인가? 귓속에서 아우성치는 소리가 들리고 가슴은 먹먹했다. 이제 다시 비를 맞아야 하나?

내가 잃어버린 시간이 모두 거기 '벚꽃동산'에 오롯이 모여 있었다. 내가 그토록 살고 싶어하던 삶이 퇴색하지도 않고 거기에 넘쳐나고 있었다. 그러나 '벚꽃동산'은 곧 경매에 부쳐지고 그곳에 살았던 사람들은 모두 뿔뿔이 흩어지게 된다. 오래된 낙원에서 슬프게 걸어 나와도 그 밖에서도 여전히 삶은 계속된다.

섬광 바라보기

비행기를 타야 할 시간이 얼마 남지 않았다. 이탈리아 로마행 비행기를 타기 위해서 사람들은 벌써 줄을 서서 탑승구 안으로 들어가고 있다. 내 손에 쥔 탑승권에는 로마를 거쳐 최종 도착지인 피렌체로 가는 환승 시간이 찍혀 있었다. 이 긴 여정의 동반자인 그가 저만치에서 다가오고 있다.

드디어 그가 비행기를 타기 위해 내 곁으로 오고 있지만 절룩대는 그의 다리로는 여기까지 5분 이상은 걸릴 것이다. 나는 5분 동안 그의 모습을 보면서 심장이 멈추는 듯한 가슴의 먹먹함을 아직도 감당하지 못할 것 같아 눈길을 돌렸다. 그가 불편한 다리로 강원도의 진부에 있는 화실에서 이곳 인천공항까지 어떻게 왔을지 궁금했지만 물어보지 않으리라. 어제 진부에서 출발을 했을 텐데 밤에 내가 사는 아파트로 오지는 않았다. 그와 나는 어느 시간부터 어려움이 뻔히 내재된 질문은 하지 않았다. 큰 고통을 겪고 난 사람들은 대체로 말이 없어져갔다.

비행기 좌석에 앉아 안전벨트를 매는 순간부터 나는 지난 시간과의 단절을 꿈꾸었다. 이 땅에서 벌어졌던 지난 3년간의 일이 한바탕의 악몽이었을 뿐 결코 내게 실제로 일어난 일은 아니었다고 비행기가 서서히 고도를 높이던 시간 내내 주문처럼 주억거렸다.

그는 피곤했는지 기내용 담요 두 장을 겹쳐서 덮고 벌써 잠이 들었다. 앞머리가 흩어져 내려온 그의 얼굴은 전보다 더 하얗게 보였지만 눈 밑은 피곤으로 푸르스름했다. 하얘진 얼굴은 그림 작업에 매진하느라 스스로를 화실에 유폐시킨 시간이 길어서일까. 아니면, 부쩍 싸늘해진 날씨에 근처 휴양림에서 산책조차 하지 못한 탓일까.

나는 행복과 불행이란 단어만 없었어도 많은 사람들이 훨씬 덜 불행할거라고 생각했다. 그 무지막지한 이분법 때문에 얼마나 많은 사람들이 그 이분법의 틀로 자신의 삶을 예단하고 집어넣고 몸부림쳤는가? 행복과 불행 사이에는 좀 더 다채로운 단어들이 마땅히 존재해야 한다.

나는 늘 행복하지도 불행하지도 않은 상태를 유지하려고 끓어오르거나 넘치는 감정들을 토해내지 않았다. 그러나 사람들이 나에게서 불행이나 절망의 표정을 보기를 원할 때마다 기꺼이 거기에 맞추어 주었다. 사람들은 타인의 우연한 행운이나 처절한 노력으로 얻은 행복조차 결코 바라보기를 원하지 않는다는 음습한 진실을 알아차리기엔 나를 덮친 불행의 정도가 아주 적절했다.

그러나 진실은 알기 위해 불행을 전제 조건으로 받아들여야 한다면 진실 따위는 영원히 몰라도 좋았는데, 내 필터에 걸러진 세상이 칼라에서 흑백으로 바뀌면서 사람들의 음영이 명확하게 보이기 시작했다.

그는 교통사고를 당했던 그날 밤을 오로지 섬광으로만 떠올렸다. 순간의 섬광이 빛으로 만든 꽃처럼 눈앞에 가득 펼쳐지더니 어둠 속으로 내동댕이쳐진 것이다. 그때 덮친 어둠이 나머지 생을 지배하는 색깔임을 그는 꼬박 사흘이 지난 후에 깨어난 병실에서 그날 밤의 섬광보다 짧은 순간에 더 명백하게 깨달았다.

하반신은 발가락조차 움직일 수 없는 상태로 5개월간 침대에서 지내다가 긴긴 재활의 시간이 흐른 뒤 그는 양쪽 다리를 심하게 절면서 목발을 양쪽 옆구리에 낀 채 서고 걷게는 되었다.

그가 병원 침대에서 진통제에 전 시간과 혼절의 시간을 살아내는 동안 나는 그의 모든 부위를 붙잡고 울었다. 그 부위가 다리일 때도 있고, 어깨일 때고 있고, 머리통일 때도 있었다. 그를 목욕시키며 후두둑 떨어지던 뜨거운 눈물이 그의 몸을 타고 흘러내려 물에 섞이던 그 순간 난 한쪽 눈이 멀어버린 것 같았다. 아니면 필터를 갈아 끼운 렌즈처럼 흑백으로 세상이 바뀌었다.

가족을 제외한 다른 사람들이 그때 보인 분명한 실망감들이 나를 찔러댔다. 사람들은 그가 죽었거나 평생 휠체어에 앉았어야 마땅했다는 듯 미진한 나의 불행을 선불리 위로하려 들었다. 그를 안을 때마다 솟아나오던 눈물이 말라버렸을 때 더 이상 울지는 않았지만 나는 그 후부터 사람들의 선의를 믿지 않게 되었다. 저열한 동정심이나 우월감의 확인에 불과한 그 선의를 시선에서부터 차단시키며 받아들이지 않았다.

그가 이제 다시는 자기 두 다리만으로 온전히 설 수 없다는 선고가 내려지고 사람들의 동정 어린 시선이 꽂혀 오기 시작할 때 나는 다니던 회사를 그만두었다. 패션회사의 디자이너라는 직함을 쉽게 떨치기는 어려웠지만 이상하게 그때부터는 무언가 몸을 움직이는 일을 하면서 살아야 한다는 생각이 들었다.

내 디자인을 베껴간다고 화를 내던 대상이었던 동대문 패션타운에 판매사원으로 들어갔다. 나라도 몸을 활발하게 움직이면 그 기운이 그에게 옮겨가서 마치 그의 다리가 멀쩡하게 부활하기라도 할 듯 말이다. 화가와 디자이너 부부로 솟구치던 두 사람은 불구자와 장사꾼으로 내리박혔다. 1년 전에야 그런 전락의 장막을 걷어 올리고, 나는 다시 디자이너로 서울에 살고 그는 화가로 돌아가 강원도 진부에 자리잡았다.

그는 붓질이 잘 되지 않을 때마다 10년 전 신혼여행 때 이탈리아 일주를 하던 중에 일몰을 보면서 벅찬 눈물을 흘렸던 피렌체에 가고 싶어했다. 그 장소가 피렌체 시내가 한눈에 내려다보이는 미켈란젤로 언덕이었던가. 피렌체의 푸른 하늘을 붉은색이 지닌 온갖 채도와 명도로 서서히 물들어오고 채워가던 그 몽환적인 풍광 앞에서 그는 사진을 찍을 시간조차 아깝다며 온몸에 저장해서 화폭에 저 색채를 풀어내리라고 말했었다. 그런 기억의 도시 피렌체에서라면 부활과 재생이 가능할까…… 건장한 두 다리로 미켈란젤로 언덕의 수많은 돌계단을 가뿐히 오르던 그 시간을 그리워하는 것일 뿐일 텐데…… 색채를 잃고 헤매는 그의 작품이 피렌체에 머물면서 다시 색채의 세례를 받아서 부활할까…… 르네상스 시대 거장들의 작품으로 가득 찬 피렌체의 기운이 그를 자신의 르네상스로 이끌어주는 마법을 피울까……

피렌체 여행 얘기를 하면서, 그는 처음으로 아이…… 라고 조심스레 발음했다. 아이? 우리들의 아이? 그런 숨겨진 꿈이 그에게 있었는지 몰랐다. 나는 속으로 중얼거렸다…… 아직 얘길 못했네, 나는 이미 조기 폐경이 되어버린 몸이야. 나는 당신이 사고를 당한 얼마 뒤 신경성으로 폐경이 되어버렸어.

사람들이 나의 불행을 모두 다 알게 되어 버린 것이 견딜 수 없었는지 미래를 스스로 끊어버린 셈이지…… 고요하게 얼어 있었던 내 자궁을 다시 따뜻하게 만들어 아기씨를 착상을 시키고 키워서 그와 닮은 아이를 낳을 수도 있는가…… 한번도 떠올려보지 못한 그림이다.

로마의 검푸른 밤하늘이 창을 가득 채우고 비행기가 착륙할 준비를 하자 기내는 술렁대며 소란스러워지기 시작했다. 나는 문득 긴긴 잠에 빠졌다가 깨어난 것 같았다. 로마까지 오는 12시간 동안 나는 무엇을 했던 걸까? 이제 보니 옆자리에 있는 사람은 그가 아니었다. 나는 놀라서 뒤쪽을 크게 일별했지만 어느 좌석에도 그의 모습은 보이지 않았다. 12시간 동안 내 옆자리에서 술에 취해 기내담요를 덮고 고요히 잠들어 있던 사람은 그가 아니었던가? 나는 누구와 대화를 나누고 지난 시간을 더듬어 갔던 것일까? 이제 사람들은 로마에 내리거나 피렌체로 가는 비행기로 갈아타야 한다. 안전벨트를 풀어야 하는데 오히려 점점 조여왔다.

나는 이 비행기에서 영원히 내릴 수가 없을 것 같았다.

그녀들의 석양 미팅

카페 '월드'에 들어서며 혜경은 익숙하게 창가 쪽으로 자리를 잡았다. 오후 4시쯤에 그 자리는 늘 비어 있었다. 혜경은 같은 아파트 단지에 사는 고등학교 동창인 친구 미정과의 '석양 미팅'으로 매일 낮시간을 마감한다. 뒤따라 들어선 미정은 늘 그렇듯 한아름의 권태를 온몸에 달고 나타났다. 혜경은 오늘 미정의 일정을 떠올리며 '호텔 뷔페에서 점심을 먹는다고 했는데 별 신통치가 않았는가 보다'라고 짐작했다. 미정은 테이블 위에 핸드폰부터 올려놓으며 하품을 해댔다.

"뷔페에서 너무 많이 먹었는가 봐. 아휴, 나한테 매달린 이놈의 식욕은 50년 넘게 권태도 없나 봐. 맨날 먹는 음식 뭐가 좋다고 이렇게 배가 부를 때까지 먹고 나선 매번 후회를 한다니 그래."

그러면서 미정은 오늘따라 유난히 나와 보이는 아랫배를 툭툭 쳤다. 혜경은 위로의 말을 건넨다.

"뭐 다분히 인간적이고 아줌마적이구만."

"내 배가 이렇게 부르면 식구들 저녁밥이 진짜 하기 싫더라. 오늘 저녁엔 또 뭘 해 먹니? 너넨 뭐 해 먹을지 정했어? 그냥 요새 유행하는 배달 앱에서 뭔가 찌개라도 주문할까?"

"너네 남편이 배달음식이라면 질색하는데 뭐하러 그래? 간단한 거라도 직접 만들어 줘야지."

"그렇지? 최후의 보루는 사수해야겠지?"

두 사람은 동시에 씁쓸하게 웃었다. 혜경은 단골대사를 또 읊었다.

"그래도 우리가 여태껏 집 밖에 나가서 돈도 안 벌면서 큰소리치면서 버티는 게 식구들 밥 해주고 얼굴도 못 본 남편네 조상 제사 지내주는 일 덕분인데 것두 안 하면 양심불량이지. 너네 남편이 너보고 돈 벌어오라 소리 안하고 실제 돈 벌어본 적도 없잖아."

미정도 지지 않았다.

"너도 내 딸 민지랑 똑같은 말을 한다. 엄마는 돈 만 원도 벌어보지 못했는데 강남 아파트에 어떻게 살아? 이러더라니까. 이제 지가 회사에서 신입사원으로 월급 쬐끔 받으며 갖은 일 다하려니 똥줄 타는 거지."

"제대로 말하면 민지가 사회물 먹더니 현실감각 생긴 거지. 민지가 고등학교 때부터 의식이 남달랐잖니. 하루는 나보고 '아줌마, 나는 사랑 없는 결혼하는 게 꿈이에요' 이러더라니까."

미정은 개성 강한 딸 민지가 어떤 식의 삶을 살지는 모르지만 적어도 자신과는 다르리라고, 그것에 놀라지 말자고 다짐은 해두었다.

"두고 보자, 사랑이 없어도 될 만큼 조건이 출중한 놈을 꿰차는지……"

두 사람은 또 동시에 씁쓸하게 웃었다.

"어설프게 돈 벌려고 옷가게, 밥집, 카페 차렸다가 돈 까먹는 여자들 많잖아, 판 안 벌리는 게 남는 거야."

"그건 그래, 이제 뭘 하겠어."

혜경과 미정은 앞으로의 삶이 딱 이 정도 상태에서 정지되었으면 좋겠다고 생각했다. 최소한의 재산과 품위를 지키기 위해선 이런 게 최선이라고 생각했다. 남편의 월급으로 최소한의 재테크를 하면서 구시대의 최후의 보루처럼 가부장제 질서에 맞춰주는 게 자신들의 나이에는 팔자 편한 여자의 표본이라고 생각했다. 그것을 떠나기 싫었다.

이제 본격적으로 오늘의 미팅으로 들어가야 한다. 이 미팅은 집으로 돌아가 저녁밥을 짓기 시작하는 오후 6시까지 계속되기 때문에 그때까지 어제 저녁부터 오늘 이 시간까지 전 세계에서 벌어진 정치 경제 사회 문화를 다 논해야 하는 것이다. 주로 연예인들과 재벌가 얘기로 그치는 게 한계이긴 했지만 아무튼 이 미팅은 무언가 두 사람의 삶을 합리화시켜주는 힘이 있었다. 스마트폰의 화면을 들여다보던 미정이 먼저 오늘의 화제를 꺼냈다.

"얘, 이 케이그룹 회장 대단하지 않니?"

"뭐 새로운 소식 있어?"

"본처가 이혼 안 해 준다고 하니까 이혼은 못 하고 세상 사람들 다 아는데 버젓이 두 번째 부인 두고 살고 있잖아."

"뭐 어제 오늘 얘기야?"

"그 두 번째 부인과의 사이에서 낳은 아들이 초등학교 들어갈 나이가 돼서 호적이 필요하다잖아."

"그런 사람들이야 미국에서 학교 보내겠지."

그렇겠구나 하면서 두 여인은 고개를 주억거렸다. 혜경은 몇 달째 손길조차 없는 남편이나 그래도 아무렇지도 않은 자신이 점점 물기가 빠지고 화석이 되어 가는 것 같았다. 살은 피둥거려 지방질은 늘어가는데 온몸은 날로 사막화되어가는 느낌이었다.

"그래도 그 회장님 글로벌기업 총수로 바쁠 텐데 정력은 출중하네, 젊은 여자 거느리고."

"좋은 것만 먹을 텐데 오죽 좋겠어."

"너네 남편도 몸에 좋은 거라면 악착같이 먹는 타입 아니야?"

"그럼 뭐해. 가난한 집에서 못 먹고 자라서 기초체력이 부실한데."

"우린 뭐 요즘 몸에서 사리가 나올 지경이니까 할 말 없지."

여기에서 두 여자는 또다시 웃었다. 서로 웃을 수 있는 시간이라서 이 석양 미팅은 꼭 필요했다. 미정은 남편을 떠올려 보았다. 자신이 이렇게 편하게 앉아서 '석양 미팅'을 즐기는 나날도 어쩌면 얼마 남지 않았을지도 몰랐다. 이제 50대 중반인 남편의 퇴직이 몇 년 후인지 혹은 바로 올해 연말인지 가늠할 수 없었다. 남편의 퇴직 이후의 삶에 대해서 서로 언급을 회피하고 있는 상황이었다. 돌이 언덕을 따라 굴러 내려오듯이 정상에서 위태롭게 걸쳐져 있긴 한데 굴러 내려와서 어디에 떨어질지 무엇을 박살내야 멈출지 알 수가 없는 것이다.

자신들의 남편은 아까 수없이 얘기에 올린 연예인이나 재벌들하고는 다르게 돈도 별로 없고, 식물적이고 퇴행된 남자들이란 사실에, 그래서 두 번째 부인을 둘 처지가 못 된다는 사실에 미적지근한 안도감을 느꼈다. 집으로 돌아가 그 미적지근한 손길조차 이제는 더 원하지도 않는 마음을 슬퍼하며 밤을 맞이하게 된다. 오늘의 석양미팅도 좋았다. 혜정은 미정에게, 미정은 혜정에게 서로가 좋은 존재임에 틀림이 없었다. 쌍생아처럼 합리화의 거울을 가질 수 있어서 고맙기도 했다.

그녀들, 미정과 혜정은 석양을 지고 자리에서 일어서서 같은 단지에 있는 각자의 아파트로 돌아간다. 등 뒤에 드리워진 노을은 미련처럼 짙어가지만 그녀들의 발길을 저녁의 거리로 불러내지는 않는다. 그녀들에겐 사수해야 할 무엇이 있다.

120만 원

인자는 스마트폰에 깔아놓은 거래은행의 앱을 열고 통장을 확인했다. 비밀번호를 찍으려니 오른쪽 손가락이 저려오고 손가락 마디가 조금 부풀어오른 게 보였다. 계좌에는 정확하게 120만 원이 입금되어 있었다. 매일 오후 1시부터 7시까지 월요일부터 금요일까지 피부관리실 '왕비나라'에서 원장님의 보조인 실장님으로 일하고 받는 월급이다. 종이 통장도 아니고 현찰도 아니어서 실감을 할 수는 없지만, 그 통장으로 역시 실감할 수 없는 결제방식을 통해서 물건을 사니 돈은 분명 돈이었다. 단지 빠져나가는 속도가 어찌나 빠른지 스쳐 지나가는 것 같아 아쉬울 따름이었다.

인자의 남편은 지방의 건설현장에 가서 일하면서 한 달에 한

번 정도 집으로 왔고, 아들은 고등학교 2학년이라 한참 돈이 많이 들어갔다. 인자는 오후 4시에 온 윤혜진 사모님에게 관리의 첫 코스인 얼굴 클린징을 시작하면서 최대한 다정하고 공손하게 물었다.

"사모님, 오늘은 왜 이렇게 얼굴이 타셨어요? 기미도 올라오고."

사실 인자는 윤혜진 사모님이 골프를 치고 나면 늘 기미와 잡티가 올라온다는 사실은 익히 알고 있었지만 손님들은 골프나 해외여행 탓이라는 답을 하기를 좋아하기 때문에 꼭 물어보곤 했다. 답 역시 어김이 없었다.

"아 그게 어제 오늘 연이틀을 골프를 쳤더니 그러네. 라운딩 중에는 햇볕에 탈까봐 선크림도 바르고 밤에 잘 때 미백 마스크팩이라는 거 얹기도 하는데 소용이 없었나 봐."

이 사모님은 늘 반말을 한다고 생각했지만 나이가 자신과 비슷해 보여서 잠시 스쳐 가는 괘씸함을 그냥 놓아두기로 했다. 인자는 다음 순서로 사모님의 늘어져 가는 턱을 손으로 빗어올리며 리프팅을 시작했다. 손가락 핸들링으로 톡톡 치며 턱선의 혈을 잘 집어서 눌러주고 당겨주고 튕겨주어야 하는 중요한 기술이었다.

"내가 지난번에 제주도에서 제일 럭셔리하다는 그 라미골프장에 라운딩 갔었잖아."

손님들이 이렇게 운을 떼면 인자는 "아, 그 골프장이 그렇게 예쁘다면서요? 사모님은 좋으시겠어요, 맨날 좋은 데만 가시구요." 이렇게 맞장구를 쳐주어야 했다. 인자는 피부관리를 받으러 오는 사모님들 덕분에 우리나라 전역의 골프장도 다 가본 듯이 훤했고, 태국과 중국의 골프장도 웬만한 곳의 이름은 다 알았다.

사모님들의 이야기를 들어주다 보면 전 세계 여행도 아주 쉬웠다. 손님들도 뭐 딱히 자랑을 하려는 의도가 있는 것은 아니고, 그냥 자신들의 일상을 편하게 생각하는 피부관리사에게 얘기하는 것뿐이기에 인자는 자신과는 먼나라의 얘기로 여기는데 익숙했다. 그렇다고 그 영역에 한 발짝도 들어가보지 못하면 동시대인으로서 억울한 '여자의 일생'이 될지도 모른다고 살짝 느끼기는 했다.

윤혜진은 오늘의 라운딩이 얼마나 피곤했는지 얼굴에 미백수분팩을 올려놓자 코를 골며 잠에 떨어졌다. 팩이 얼굴에 올려져 대화가 불가능한 동안 인자는 윤혜진의 양팔과 손을 마사지한다. 인자는 혜진의 손가락을 마사지하면서 가느다랗고 옹이가 없는 이 손으로는 무슨 반찬을 해 먹고 사는지 궁금했다.

인자는 아들에게 해줄 저녁 반찬 메뉴를 떠올렸다. 이 손님 끝나고 바로 한 손님 더 받으면 오늘도 7시에 일이 끝난다. 집앞 슈퍼에서 얼른 장을 봐서 아들애가 좋아하는 제육볶음을 해주리라 생각한다. 인자는 통장에 찍힌 월급 120만 원이 아들의 학원비와 용돈을 주면 딱 맞는 금액이라 적어도 아들이 대학에 들어갈 때까지는 이 일을 계속하리라고 결정해 두었다.

윤혜진은 피부관리실 '왕비나라'에서 마사지를 마치자 오늘 골프를 치면서 햇살에 손상된 피부가 다시 회복된 것 같았다. 집에 돌아와서 핸드백을 뒤집어서 영수증들을 찾아냈다. 이번 달에 골프장에서 결제한 영수증들을 모아서 계산해 보았다. 골프장 주변의 밥집에서 결제한 영수증까지 합치니 120만 원 정도가 되었다. 주중에 골프장에서 그린피와 기타 비용을 더해서 1회 라운딩 비용이 16만 원인데 지난달에 6번 골프를 쳤으니 그 비용이 100만 원 정도에다 차의 기름값, 밥값을 더하면 120만 원은 가뿐히 넘었다. 혜진은 그 돈이 자신의 형편에 과한가 하고 잠시 생각해 보았다.

혜진은 자신의 이름으로 된 오피스텔과 상가에서 나오는 월세로 충분한 금액이라 사치가 아니라고 생각한다. 생활비와 딸애의 교육비는 남편이 주는 월급으로 충분했고, 친정에서 사준 오피스텔과 동대문 상가 한 채의 월세는 오로지 자신만을 위해서 쓰리라고 다짐을 해둔 터였다.

돈은 가진 자의 것이 아니라 쓰는 자의 것이란 생활신조를 충실히 실천하는 중이었다. 혜진은 세상에 대해 가진, 돈이란 자신의 사용권이 좋았다. 많은 두려움과 불확실성마저 해결할 수 있는 힘셴 사용권이었다. 혜진은 친구들과 있을 다음 주 골프를 확인하고 그날 늦은 오후로 '왕비나라' 예약을 다시 잡았다.

집으로 돌아온 인자는 스스로 손목과 손가락을 풀어주며 스마트폰을 들여다보았다. '왕비나라' 원장으로부터 윤혜진 사모님의 마사지 예약이 다음 주 목교일 오후 4시로 잡혔다는 문자가 들어와 있었다. 인자는 아들애가 집에 돌아오기 전에 돼지불고기 양념을 해놓으려고 고추장 양념을 만들기 시작했다. 오른쪽 손목이 시큰해서 칼질할 때 힘이 제대로 주어지지 않았다.

팔목과 손가락이 너무 아픈 게 가장 큰 직업병이고 애로사항이었다. 제대로 된 치료를 받으려면 아예 마사지 일을 몇 달 쉬어야 하기 때문에 그건 뒤로 미루고 쉬는 날에 목욕탕에 가서 목욕관리사에게 전신의 때를 밀면서 혈액순환을 해주는 정도였다. 저번에 허리가 아팠을 때는 근무가 없는 아침마다 꼬박 한 달 넘게 정형외과를 드나들어야 했다.

아들은 돼지불고기와 상추쌈을 허겁지겁 먹어치우고 다시 집 근처 독서실로 가버렸다. 중간고사 기간이라며 밥상 위에까지 책을 들고 앉은 모습이 기특하고도 애처롭다. 남편과 카톡으로 오늘 하루에 대한 안부를 대신하고 인자는 잠자리에 들었다. 남편은 현재 곁에 없지만 건강하니까 그걸로 된 것이다. 아들만 대학에 들어가면 자신의 삶도 어떤 터널을 빠져나온다고 생각했다. 그 터널의 끝에 스페인 여행이 제일 먼저 기다리고 있었다.

아들이 대학교에 입학하는 1년 후 5월에 친구들과 스페인 여행을 가자고 2년째 단체적금을 들고 있었다. '왕비나라'에 온 사모님들이 유럽 최고의 여행지라고 이구동성 추천하는 그 스페인에 드디어 가볼 참이었다. 그러나 당장 오늘밤 인자는 어깨 근육이 너무 아파서 근육이완제를 먹고 잠에 빠져들었다.

혜진은 미국에서 공부하고 있는 고등학생 딸과 영상통화를 하면서 뒷배경이 소란스럽고 소음이 심해 무슨 파티장 같아서 걱정이 됐다. 늘 엄마인 혜진을 기만하는 듯한 딸애는 "오케이 마미, 노 프라블럼!"을 외치면 전화를 끊었다.

혜진은 오늘도 저녁밥을 먹고 온다는 남편의 전화에 혼자서 닭가슴살이 얹혀진 샐러드 한 접시로 저녁밥을 대신했다. 살도 안 찌고 근육을 만들려면 역시 닭가슴살과 신선한 야채가 정답이었다.

인자와 윤혜진 사모님은 다음 주 목요일 오후 4시에 피부관리실 '왕비나라'에서 다시 만나게 될 것이다.

오래된 부인

남편과 함께 있을 때 나는 한 번도 달려본 적이 없다. 다리를 절뚝이는 그 옆에서 언제나 천천히 보조를 맞추며 걸었다. 그와 만나고 그와 결혼을 결심하면서 나는 언제나 그의 곁에서 천천히 걸으면서 살아가리라고 결심을 했었다.

그러나 남편은 나와의 외출을 극히 꺼렸다. 자기 혼자 나가면 혼자만 동정의 눈길을 받으면 되는데 두 사람이 같이 다니면 둘 다 동정의 눈길을 받게 되기 때문에 싫다고 했다.

나는 친구가 다니는 대학의 미술동아리 전시회에 구경을 갔었다. 대학을 가지 못한 나는 대학 캠퍼스라는 데가 신기하기만 했다. 전시회장에 갔던 그날, 다리를 약간 저는 한 남자가 다가오더니 오늘은 자신이 당번이라며 안내를 해주겠다고 했다. 그 남자는 전시장 안쪽의 의자에 앉아 있다가 우리를 보더니 다가왔다. 그때는 그가 다리를 약간 전다고 생각했을 뿐 캠퍼스라는 보호막에서 떠난 후 기다리고 있는 많은 난관들을 예상하지 못했다.

남편의 전공은 전기공학이었고, 그림은 취미였을 뿐인데 대기업 면접에서 계속 통과하지 못하자 아예 화가의 길로 들어선 것이다. 처음에는 미술대학 졸업자가 아니라서 부업을 하는 건 어려웠지만 소소한 미술공모전에서 입선과 특선을 몇 번 하고 나자 취미 미술교실 정도는 운영할 수 있게 되었다.

그 남자의 아내가 되어 평생 그림을 그리게 해주고 나는 카페라도 운영하며 최소한의 밥벌이를 하며 조용히 살아가는 것도 좋을 것 같았다. 낡은 색종이처럼 접어 놓은 지 너무 오래되어 허옇게 물이 말라서 원래의 색을 알아볼 수 없을 뿐이지 지금도 그 꿈이 아주 소멸되어 버린 것은 아니라고 믿고 싶었다.

수증기와 열기가 가득 찬 좁은 떡볶이집에서 고추장 양념과 떡볶이떡을 오뎅국물을 섞어가며 저으면서도 두물머리 근처에서 근사한 카페를 하는 나와 그 옆에 자리잡은 남편의 화실을 늘 상상했다. 하루하루 더 멀어지고 있지만 아주 놓지는 않았다.

나와의 동반외출조차 꺼리던 남편이 결혼 25주년 기념이라고 비행기를 타고 가는 긴 여행을 제안했다. 남편은 제주도의 자연휴양림들이 나무로 된 데크가 깔려 있어서 자신도 걸을 수 있노라며 제주도로 가자고 했다. 남편이 휠체어를 타야 하는 정도로 심한 마비는 아니었기에 사실 비행기를 타는 게 어렵지는 않았지만 멀다, 비싸다, 비행기를 타야 한다, 계단이나 비탈이 많다라는 조건들을 떠올리며 제주도 여행은 생각도 해보지 못했었다.

제주공항에서 바로 택시를 타고 남편과 나는 처음 목적지인 절물 자연휴양림의 입구에 도달했다. 어쩌면 별로 어렵지도 않은데 실은 돈 때문에 여행을 꿈꾸지 못했다는 생각이 들었다.

들던 대로 나무데크가 제법한 높이까지 깔려 있어서 평소에 산을 가보지 못 하는 사람들도 산비탈에 서 볼 수 있었다. 삼나무 숲이 짙어지자 남편은 앉아서 작은 스케치북을 꺼내 들꽃들을 그리기 시작했고 나는 늘 익숙한 자세로 그 옆에서 기다렸다. 제주도의 숲들이 비교적 평탄하기 때문에 쉽게 숲속에 들어갈 수 있고, 그래서 많은 스케치가 가능해서 남편은 제주도를 선택한 것이다.

그런데 나는 어느 날인가부터 그가 그리는 그림을 보지 않고 있었다. 그의 화실에는 주문받은 몇 개의 정물화와 풍경화가 늘 이젤에 놓여 있었는데 나는 쳐다보는 법을 잊어갔다. 나는 들꽃을 빠르게 스케치하는 남편을 자꾸 떠나가 앞서갔다.

지난 시간 동안 남편의 다리처럼 나의 소망은 짧아지고 굳어져갔다. 결핍을 채우고자 하는 소망이 소진되어 버렸다. 절망이 조용히 자라나 이제 내 마음에는 거대한 뿌리를 감당할 공간이 없어졌다. 항상 울음이 온 전신에 차 있는 것만 같았다.

그가 영원히 무명화가에 머무는 것처럼 나의 삶도 어설픈 선택의 연장선상에서 아마추어로 끝나는 것 같았다. 나는 바라던 것 이상으로 조용한 부인이 되어 갔다. 집에서 그를 볼 때도 점점 말이 없어져갔다.

몇 년 전에는 장사랍시고 지금은 거의 사라진 도서대여점을 했는데, 어느 날 비가 내리는데 책 냄새가 욱하고 역겹게 느껴져서 그 장사를 접었다. 장사가 잘 되지 않는다는 서글픔에다가, 그나마 여기에서 벌어들인 돈으로 살아간다고 생각하자 그 모든 사실이 역하게 느껴졌던 탓이다.

알고 보니 나는 조용한 삶을 말 없는 삶과 착각한 것 같았다. 게다가 나는 말 없는 삶을 좋아하지도 않았다. 아이가 까르르 웃고 장난감이 어질러진 그런 소란스런 걸 좋아했다. 부재이기에 그리워하는지도 몰랐다.

요즘은 도서대여점을 하던 바로 그 자리인 아파트 입구 상가에서 떡볶이집을 하는데 의외로 내 성격에 잘 맞았다. 우선 주로 젊거나 어린 사람들이 손님이었고 자질구레한 주문에 응대하는 게 한가한 것보다 나았다. 종업원을 따로 둘 수 없는 규모라 혼자 꾸려가야 하는데, 피곤하지만 정신 없이 바쁠 수 있어서 좋았다.

다른 식구가 없는 집은 내 얼굴에 다른 활기를 줄 수가 없었다. 내 얼굴은 먼지가 내려앉은 듯한 칙칙함이 가득했고, 그냥 바로 노부인으로 화석화되어가는 중이었다. 어린 생명을 낳아보지도 키워보지도 못한 관계의 두 사람이 그대로 퇴적시키기만 하는 시간의 켜는 집안을 적막 속에 침몰시키는 중이었다. 아득한 시간이 가져온 먼지가 폭설로 내려와 쌓였다. 겨울에는 서리가 낀 떡볶이 가게의 창문 너머로 아파트를 드나드는 사람들을 구경하기 좋았다. 일정한 시간에 일정한 사람들이 강건한 다리로 오가는 게 멍하게 바라볼 정도로 신기한 날도 있었다.

남편은 스케치를 다 마쳤는지 스케치북을 배낭에 넣고 다시 걷기 시작한다. 한꺼번에 많이 걸으면 목발이 필요할 때도 있어서 무리하기 전에 멈추어야 했다. 나는 그가 걷기 시작하면 멈추라고 하지 못한다. 이 절물자연휴양림도 완주하지는 못할 텐데 그가 스스로 멈출 때까지 기다리기로 한다.

그가 나직하게 말했다.

“섬에서는 누구든지 걸어서는 나가지 못해.”

그는 모든 사람이 다 자기 다리가 아닌 배나 비행기를 타야만 도달하거나 나갈 수 있는 섬을 평등의 땅이라고 생각했던가. 나는 사진을 찍어준다며 그를 앞서서 나갔다. 여태껏 그의 옆에 있다가 벗어나서 그런지 나는 남편에게서 점점 멀어져 앞으로 나아간다. 멈추어지지가 않는다. 왠지 발걸음이 가볍다. 어느 순간 너무 멀리 와버린 것 같아 뒤를 돌아다 보았다.

그런데 지금 남편이 저기서 달려오고 있는 모습이 보인다. 저 사람이 누구인가. 저렇게 웃으면서 뛰어오고 있는 저 사람은 누구인가?

젊고 건강한 남자가 내 차지였던 시간은 없었는데 나를 향해 웃으면서 뛰어오고 있는 저 사람은 누구인가? 나는 지금 저 사람이 남편이기를 바라는 걸까, 아니면 남편이 아니길 바라는 걸까?

여름 나들이

친정 부모님이 살고 있는 남도의 의젓하고 고졸한 도시, 전주로 향하는 윤선의 마음은 뿌듯했다. 윤선이 제약회사에서 연구원으로 바쁘게 일하는 터라 남편과 여섯 살 난 아들을 대동하고 이렇게 고향을 찾은 건 정말 오랜만이기 때문이다. 창밖에 펼쳐진 한여름의 일상적인 푸른 정경마저 흐뭇하고 다정하게 다가왔다.

윤선은 이번 여름휴가를 친정 나들이로 정한 남편의 배려가 고마운 탓인지, 운전대를 잡은 그의 옆모습이 더 사랑스럽게 보였다. 윤선의 경험치에 의하면 사랑의 감정이란 대부분 엄청 의미심장한 사건을 통해서 생긴다기보다는 하나의 정경, 그 사람이 보여주는 한 컷의 실루엣에서 비롯되곤 했다. 지금 운전에 열중한 남편이 보여주고 있는 저 턱선이 그랬다.

연애하던 시절, 어느 날 퇴근 후에 윤선의 회사 앞에서 그녀를 기다리던 남편의 턱에는 하루치의 격전을 치러낸 남자의 피곤이 짧고 까칠한 수염으로 듬뿍 돋아 있었다. 윤선은 그날 결혼을 결심했다.

"처가에 갈 때마다 마치 어린 당신을 만나러 가는 것 같아서 기분이 묘하게 설렌단 말이야."

남편은 자신을 만나기 전에 보낸 윤선의 시간까지 알고 싶고 소유하고 싶어했다. 결혼한 부부의 사랑은 확실히 배타적이어야 한다고 윤선은 생각했다. 매력적인 남자를 봐도 무덤덤해지려 애썼고, 아들의 얼굴을 떠올리며 한 아이의 엄마라는 자기 검열의 잣대를 잊지 않았다. 남편에게도 업무상 술 접대를 꼭 해야 하고, 또 다른 접대까지 주고받아야 출세할 수 있는 위치라면 차라리 회사를 그만두라고 윤리지침 삼아 말해 두었다.

가정이라는 이 신성불가침의 울타리에 다른 이성의 침입은 안 될 말이었다. 친정에 도착해서 인사를 마친 윤선의 남편과 아들은 친정아버지를 모시고 동네 목욕탕에 몰려갔다. 아들이 없는 친정아버지의 희망사항을 잊지도 않고 꼬박이 들어주는 남편이 새삼스레 고마웠다.

친정집은 작지만 깔끔하고 단정한 양옥이었다. 윤선은 성지순례라도 하듯 집 밖을 한 바퀴 둘러보았다. 남편의 말처럼 그 집

마당에는 어린 윤선이 꽃밭에서 웃고 있기도 했다. 어린 시절이기도 했지만, 꿈대로 살고 싶었던, 꿈의 시절이기도 했었다. 아무런 책임감이 없던 그 가벼움이 시간을 거슬러 윤선에게 슬며시 다가왔다. 서울에서 직장인으로, 아내로, 엄마로 휘감았던 보호막이 저절로 벗겨져 나갔다. 집안으로 들어선 윤선은 안온한 홀가분함에 빠져들었다.

고향에서 중학교 교장으로 퇴임한 아버지는 아직도 서재에서 밑줄을 쳐가면 신문을 읽고, 중요하다고 생각하는 기사는 오려서 묶어 놓았다. 윤선은 아버지가 묶어 놓은 기사뭉치를 별 의미 없이 들춰보다가 순간 손길을 멈추었다. 사진작가 박승준 전시회……그 지방 신문에 난 기사였다. 커다란 사진이 실린 인터뷰와 전시회 안내 기사가 나와 있었다. '고향에서 외골수로 사진가의 길 걸어' 이런 타이틀과 함께 실린 그의 얼굴에선 15년 전 그때의 어설픔은 사라지고 예술가의 분위기와 품격이 감돌았다.

박승준, 그는 자신의 꿈대로 살고 있구나……

윤선의 가슴이 전혀 예기치 못하게 뛰기 시작했다. 기사를 읽어보니 바로 오늘 저녁 6시가 전시 마감이 아닌가! 15년 전 윤선이 서울의 명문대에 합격을 해놓은 뒤 입학하기 전 몇 달간 전주에서 사진학원을 다녔는데 그곳에서 같이 사진을 배우며 만난 사람이 박승준이었다.

겨울에도 눈이 별로 내리지 않는 전주에 그 해 겨울에는 웬일인지 사흘거리로 눈이 자주 내렸고, 예비 사진작가 두 사람은 눈이 내린 산야며 거리의 풍경을 렌즈에 담는다며 마구 쏘다니며 사진을 찍었다. 짧고 강렬한 시간은 엉겁결에 한 짧고 강렬한 입맞춤으로 끝나고, 윤선은 대학 입학을 위해 서울로 왔다.

이미 오후 4시, 윤선은 택시를 타고 시내 막걸리촌 부근의 전시장으로 달려갔다. 전시장 입구에 서자 비로소 윤선은 전시장 안에 박승준이 있을지도 모르고, 그를 만나서는 안된다는 생각이 들었다. 머리를 잔뜩 숙이고 접수대로 다가간 윤선은 브로슈어 한 권을 들고 얼른 전시장 밖으로 나와 가까운 카페로 들어갔다.

'시간의 역류'라는 주제로 흑백사진 30여 점이 채워져 있었다. 혹시나 같이 찍었던 겨울의 눈 풍경 사진이 있을까 훑어보던 윤선은 어느 순간 맥없이 그 브로슈어를 덮었다. 윤선은 무언가 힘찬 걸음으로 진군해 오면, 그토록 견고해 보이는 성이 한순간에 무너질 수도 있다는 예감에 빠져들었다. 여기까지 달려오느라 이마에 흥건히 흐른 땀을 닦자, 한여름 낮에 덮친 짧은 낮잠에서, 백일몽의 순간에서 서서히 깨어났다.

그 뜨거운 한낮의 여름 햇살도 시간의 흐름에 따라 다가온 저녁의 기운을 당하진 못했다. 윤선은 이제 조금 서늘해진 거리로 나섰다.

심연의 방문객들

한 소녀가 다가오고 있다. 살아있을 때도 시력이 좋지 않아 고교시절부터 늘 안경의 신세를 진 몸이라 지금은 더 어둡다. 소녀의 형상만을 알 수 있을 뿐 얼굴은 정확히 알 수가 없었다. 그리고 그 소녀가 설령 가까이 다가온다 해도 내가 알고 있는 사람이라는 확신도 없지 않은가.

거대한 추모공원 속에 아파트처럼 층지어진 봉안당이 낯선지 소녀는 감실의 번호를 확인하느라 내 주변을 살폈다. 소녀가 다가오더니 감실 앞에 붙은 나의 조그만 사진과 이름을 확인하는 눈길을 보냈다. 덕분에 나는 그 소녀의 얼굴을 가까이에서 볼 수 있게 되었다. 단발머리에 별로 특징이 없는 얼굴이라 지나간 생애를 통틀어 기억의 회로를 되감아봐도 알아낼 수 있을 것 같지 않았다.

가까이 다가와서 보니 소녀가 아니었다. 60살 정도는 되어 보이는 얼굴이었다. 이젠 죽은자 특유의 염력으로 지난 시간을 모두 찰나에 보게 된 터라 가뿐히 시간의 틀을 뛰어넘어 그녀의 소녀시절 얼굴을 조각하듯 뽑아낼 수 있었다.

소녀의 오빠와 나는 같은 중학교에 다니는 친구였다. 가끔 그 집에도 놀라가곤 해서 소녀와는 제법 친근한 사이였다. 소녀는 오빠가 도시락을 빼먹고 온 날이면 교실 창 너머 얼굴을 보이면서 오빠에게 건네줄 도시락을 들어 보이곤 했다.

그날 나는 수업 시작을 알리는 벨소리가 재촉을 해댔지만 화장실에서 좀 늦고 말았다. 수업의 시작을 알리는 벨소리가 분명 화장실까지 들렸지만 나는 얼마 전에 알게 된 비밀스런 쾌감의 손길을 멈출 수가 없었다. 나는 얼굴이 불쾌해진 채 황급히 화장실에서 나오다 오빠에게 도시락을 전해주고 돌아가던 그 소녀와 정면으로 맞닥뜨리고 말았다. 그 소녀는 "오빠, 수업 늦었어요. 빨리 들어가요"라고 진정 걱정하는 투로 말했다. 나는 그 순간 참으로 바보 같은 질문을 하고 말았다.

"……너 봤어?"

밀실 같은 화장실에서 이루어진 행위를 그 소녀가 볼 수 있었을 리 만무한데도 나는 소녀라는 순수의 검열에 들켜버린 것만 같았다. 말하자면 그 소녀는 내 성의 첫 번째 비밀을 알고 있는 존재였다. 심연에 가라앉아 있던 먼 기억이 선명하게 떠오르다니 나는 어쩌면 그 시간으로 되돌아가고 싶은 것인가.

아, 저기 또 한 사람 나의 아버지가 다가왔다. 아버지라니! 아버지란 이름은 애초에 내가 태어날 때부터 부재했다. 실제로 얼굴을 본 적도 없었던 아버지였지만 제사상에 올려진 사진 속의 그 남자가 틀림없었다.

종군 사진기자였던 아버지는 유일한 자신의 분신을 어머니에게 뿌리내리게 해두고 전장에서 사진기와 함께 홀연히 스러져가 버렸다. 그 뿌리는 거대한 슬픔과 회한과 불행의 뿌리와 다름없었다. 부재한 아버지조차 아들에게 아버지는 아버지로서 엄연히 존재했다. '애비 없는 자식'은 어쩌면 곁에 실재한 아버지보다 평생 더 아버지를 의식하며 살아가게 되어 있다.

아버지는 내 어머니의 두 번째 남편이었다. 내 어머니는 딸이 하나 있는 상태에서 두 번째 결혼을 했고 그 사람이 내 친부였는데 어머니는 말하자면 이부종사를 하게 된 남편복이 없는 여자인 셈이다. 아울러 유일한 아들인 내가 스스로 목숨을 버린 지금 와서 돌아보면 내 어머니는 자신의 운명을 가늠할 만한 3명의 남자들이 모두 비운의 운명 속에 쓰러져가 버린 셈이다.

나는 배 안에서부터 지아비를 잃고 통곡하는 어머니의 진혼곡을 들으며 자라났다. 어머니의 배 안을 떠난 바깥세상이 나에게 그리 호의적이지 않으리라는 예감은 배 안에서부터 나를 위축시켰다.

나는 6.25전쟁 중의 부실한 먹거리와 가장의 부재가 겹쳐진 곤궁한 살림 탓에 몸은 빈약한 채 머리만 큰 아기로 세상에 던져졌다. 나에겐 아버지가 부재했고 어머니에겐 남편이 부재했다. 내 주변엔 남자가 없었다. 어머니가 첫번째 결혼에서 얻은 조씨 성을 가진 누이와 나는 성장기간 내내 사이가 그리 나쁘지 않았다. 아버지는 다르지만 소위 동복이고 그 동복의 주체인 어머니가 있었기에 사이가 나쁠 이유도 별로 없었다. 나에게 억압으로 작용하는 부권이 없었기에 나는 일찍부터 자유로운 의식이 방해받지 않았고 소설과 시를 쓸 때도 자유롭기만 했다.

그럼에도 불구하고 나는 때로 내 안에서 아버지가 조종을 하고 있다는 느낌에 사로잡혔다. 어머니가 끊임없이 내 모습과 행동에서 아버지를 상기하고 동질성을 대입시켰기 때문이다. 어머니는 늘 내게 말하곤 했다.

"넌 아버지를 너무 닮았어."

나는 때로 희미한 흑백사진 속에서 웃고 있는 아버지의 사진을 찾아보곤 했다. 나는 카메라를 손에 들고 코트 깃을 세운 채 전장을 누비는 멋진 종군기자의 모습을 떠올려 보았다. 그러나 이렇게 빈약한 신체를 물려준 사람이 그렇게 멋진 풍채를 지녔을 것 같지 않았다. 나는 내 앞에 젊은 모습으로 서 있는 아버지에게 기어코 한마디 질문을 하고 말았다.

"아버지는 저에게 누구인가요?"

"나는 너에게 한없는 자유를 준 사람이다."

남자가 진정 남자다워지려면 마음속에서 아버지를 죽이고 초극해야 한다는데 나에겐 애초부터 그런 아버지가 존재하지 않았다. 내 작품엔 눈을 부릅뜬 아버지나 기존가치의 대변자인 척하는 아버지는 존재할 수 없었다. 그래서 고마워해야 하는가. 내 생을 혼돈에 빠뜨린 원흉이라고 원망을 내뱉어야 하는가. 나는 심지어 남자의 상징이라는 넥타이를 거의 매지 않았고, 차라리 부드러운 스카프를 즐겨 매곤 했다. 지상에서 나의 최후에 내 목에 감겨 있던 것도 스카프였다. 나는 아버지에게 처음이자 마지막으로 인사를 했다.

"부재함으로써 더 강하게 존재한 아버지에게 경의를……"

저기 또 한 사람, 나와 내 작품을 폄하하던 동료교수 K가 저만치서 내게로 다가오고 있다. 그 자가 웬일인지 손에 조그만 꽃다발을 들고 있다. 나의 작품들이 음란서적이라고 대학교 강의 중에 나를 체포해간 건 진정 희대의 소극이 아닐 수 없다. 그때 '50년 후에 태어났어야 할 작품이고 사람'이라는 동료교수들의 변호의 말은 실소를 불러 일으켰다.

요즘 즐비한 네일아트숍에서 한층 멋지게 손톱을 채색한 '즐거운 사라'들이 거리를 활보하는 모습을 보고 있자면 그들의 근시안적인 시야가 안타깝다. 다른 자와 앞서가는 자를 참지 못하는 지식인 사회의 고루함과 허위에 갇혀서 묵시적으로만 내게 동의를 하던 저 K를 비롯한 동료교수들도 이제 와서 생각해보면 불쌍한 족속들일 뿐이다.

여기 지금 추모공원 속 봉안당이란 이 좁은 공간이 참 맞춤하게 내가 누워 있을 명당이란 생각이 든다. 평소 죽어서까지 후손들이 살아가야 할 땅을 묘지랍시고 한 뼘이라도 차지하고 싶지 않았기에 이 좁은 공간이 무척 마음에 든다.

"이제, 나의 골분상자 앞에 조그맣게 붙어 있는 내 사진도 그만 떼어주시오. 몰이해에서 이해로, 색마광마에서 선구자로 바꿔어 기억되고 싶지도 않소. 나는 언제나 나였소. 그게 당신들 마음에 들었거나 들지 않았거나 상관없소. 나는 애초부터 당신들의 잣대로 살지 않았소. 천당의 한 자리도 차지하고 싶은 그대들에게 기꺼이 양보하겠소……"

나는 천당가기 싫어. 천당은 너무 밝대. 빛밖에 없대. 밤이 없대……

— 마광수 시 「천당 가기 싫어」에서

시적인 53년식 남자 K

1953년 대한민국에서 태어난 53년식 남자 K. 그가 30년간 근무했던 자동차 회사에선 직원들을 자동차의 출고 연도에 비유해서 출생 연도 대신 연식으로 불렀다. 1957년생은 57년식이고, 1958년생은 58년식인 셈이다. 53년식 남자 K는 대학교를 졸업하고 입사한 그 회사에서 딱 30년을 근무하고 58세가 되던 작년에 퇴직을 했다. 회사원의 별이라는 이사직함까지 달아보았으니 뭐 그리 한이 남을 건 없었다. 남자 K는 퇴직하고 나서 주체하지 못할 많은 시간과 마주하고 보니 2년 전에 죽은 아내가 원망스럽기까지 했다.

따지고 보면 아직 환갑도 안 됐는데, 인생 한 바퀴도 채 돌지 못했는데, 앞으로 긴 시간을 어떻게 지낼 것이냐, 더구나 남자

혼자서 어떻게 살 거냐, 이러면서 선의를 베푸는 친구들의 미팅 주선에 따라 오늘의 민 여사를 만났다. 35년 전 대학시절처럼 미팅이란 이름으로 중년의 만남을 포장한 게 웃음이 나오기도 했다. 민 여사도 괜히 오래전에 쓰던 미팅이란 말에 끌려서 자신이 주책을 부리는 줄도 모르고 그 자리에 나왔다고 조금 웃으며 말했다. 1959년생이고 5년 전에 남편을 사별한 민 여사는 59년식 여자인 셈이다.

53년식 남자 K는 아내를 이해하지 못했다. 적어도 아내가 살아있을 동안에는 그랬다. 아내는 남자 K에게 가끔 "당신은 불쌍해!" 라고 말했었다. 무시하는 게 아니고 단지 정말 불쌍해 죽겠다는 표정이었다.

남자 K는 아내가 왜 자신을 불쌍하게 여기는지 알지 못했다. 더더구나 그까짓 시를 읽지 않는다고 인생이 불쌍해지는 건 말도 안된다고 대꾸했다. 아내의 말대로 자신은 공대를 졸업한 단순하고 무식하고 지랄 맞은 성깔을 가진 소위 단무지 공대생일지도 몰랐다. 그러나 그때는 나라를 잘살게 하는 데는 과학기술이 최고라며 다들 공대로 몰리던 시절이었다. 전교 1,2등을 다투던 친구들도 집안에서 권유하는 의대 지원서류를 쫙쫙 찢어버리고 공대로 가던 시절이었다.

아내는 그에게 시도 읽고 연극도 보러 가자고 말하곤 했다. 남자 K는 아내의 그런 요구가 부자는 아니지만 꼬박 들어오는 월급이 있어 큰 돈 걱정이 없는 삶에서 나오는 여유라고만 생각했다. 감수성은 대중가요에도 깃들어 있고, 어쩌다 보는 할리우드 영화 한 편으로도 충분히 맛볼 수 있다고 또한 생각했다.

요즈음 민 여사와 만나면서 북촌을 데이트 장소로 잡은 남자 K는 잠시 시간의 흐름을 잊고 젊은 남자가 된 것 같았다. 북촌은 왠지 친근해서 소외감을 주지 않아서 좋았다. 대학시절 하숙을 하던 집이 근처에 있어선지, 남자 K는 북촌 거리에서 아득한 시간을 뛰어넘는 기시감에 빠져들었다. 근육이 빠져나가 벌써 가늘어진 자신의 허벅지와 넓어지는 앞이마만 아니라면, 그리고 민 여사도 통자형 허리만 아니라면 그리 배가 많이 나오지 않아 봐줄 만한 몸매라고 여겼다.

남자 K는 여자를 만나는 게 새삼스럽게 어려웠다. 여자를 어떻게 대했더라. 아내라는 여자와 28년을 살았는데, 아내는 정말 여자가 아니라 오래된 가족이었나. 민 여사도 여자에서 떠나와 나와 가족이 되기를 바라는가. 아니, 가족은 더 이상 필요하지 않고 단지 여자 혹은 여성적인 무언가가 필요한 것 같기도 하고, 그야말로 식구나 가족이 가장 필요할 것 같기도 했다. 남자 K는 민 여사가 이미 여성의 기능을 잃어버린 나이의 여자임을 알고 있지만 '여자'라는 이미지 때문에, 그 '여자'가 좋아하는 것들이 새삼스레 알고 싶어진다.

오늘, 남자 K는 민 여사와 데이트를 끝내기 전에 무슨 말인가를, 아니 여자의 가슴에 남을 말을 해야 한다는 절박함에 빠졌다. 아내와 한참 연애를 하던 35년 전쯤을 떠올려보아도 그때 어떻게 시간을 채워갔는지 도무지 알 수가 없었다.

민 여사를 집에 바래다주기 위해 같이 지하철역 계단을 내려가던 남자 K는 초조해지기 시작했다. 오늘이 세 번째 만남인데 그저 같이 걷고 밥을 먹었을 뿐 호감을 변변히 표시하지도 못했다. 황홀까지는 아니더라도 여자에게 호감이 생겨났다는 건 분명 기분 좋은 재생의 조짐이었다.

남자 K는 자신이 이 지하철역에서 수없이, 아니 거의 30년간 지하철을 타고 집으로 오고 갔음을 떠올렸다. 그때 남자의 눈에 지하철 스크린 도어에 적힌 시가 들어왔다. 그런데, 저 스크린 도어에 언제부터 시가 써 있었나?

남자 K는 이 또한 퇴직 후에 일상에서 재발견한 신세계의 일부라고 여겼다. 열차는 3분 후에 도착한다고 전광판에서 명멸하고 있었다. 민 여사는 그저 열차가 오는 방향으로만 고개를 돌리고 있었다.

그때, 남자 K의 정수리 부근에서 아내의 목소리가 정언명령처럼 들려왔다.

"시를 읽어봐요!"

남자 K는 그 큰 목소리에 놀라서 스크린 도어로 눈길을 돌려 시를 읽어 보았다. 우선 「사랑은」이라는 제목이 마음에 들었다.

무언가 희미하게 감도는 지금 자신의 마음을 보다 선명하고 절실하게 표현해주고 있을 것 같았다. 남자는 자신의 진짜 마음이 어떤지 마주보기를 두려워하면서 살아온 것 같은 느낌이 들었다. 남자 K는 발끝에서 심장까지 숨을 모으고 용기를 내어 말했다.

"저, 잠깐만요 민 여사님, 저 시……저 시 좀 읽어보세요."

시라는 말에 민 여사는 의아하다는 표정으로 다시 바라보았다.

"왜요? 저 시 좋아하세요?"

"아니, 그냥, 저 시가 제 마음 같아서요……"

남자 K는 다 진실은 아니지만 다 거짓도 아닌 말을 내뱉었다. 민 여사는 의아한 표정을 짓다가 스크린 도어로 시선을 옮겼다. 남자 K는 민 여사가 자신의 마음을 물리치지 않아서 다행스러웠다.

제목은 「사랑은」이다.

사랑은 그렇게 왔다. 얼음 녹는 개울의 바위틈으로 어린 물고기가 재빠르게 파고들듯이 사랑은 그렇게 왔다. 알 수 없는 차가움이 눈을 투명하게 한다. 사랑은 그렇게 왔다. 발가벗은 햇빛이 발가벗은 물에 달라붙듯이 사랑은 그렇게 왔다. 수양버드나무의 그늘이 차양처럼 물을 어둡게 한다. 사랑은 그렇게 왔다. 할 말 없는 수초가 말 잃은 채 뒤엉키듯이 사랑은 그렇게 왔다.

시인의 이름은 '채호기'라고 되어 있다.

민 여사는 나지막한 목소리로 "아, 참 보기보다 시적이시네요."라고 응수해 주었다. 남자 K는 깜짝 놀랐다. 마치 아내가 수십 년간 물을 주어왔던 씨앗에서 마침내 싹이 나온 것 같았다. 살아생전 아내가 보지 못한 그 싹이 먼 길을 돌아 이제야 오롯이 피어난 것이다. 민 여사를 태우고 갈 지하철 열차가 들어오고 있었다. 민 여사가 웃으며 인사로 목례를 했다.

53년식 남자 K는 그렇게 이제 반 바퀴 더 남은 인생을 시적인 남자로 살기로 결심했다.

해설

—

가족해체의 서사적 의미

박덕규 문학평론가, 단국대 교수

| 해설 | **박덕규** 문학평론가, 단국대 교수

가족해체의 서사적 의미
— 오은주 소설집에 부쳐

1. 통속, 방법적 통속

오은주 소설은 '통속'을 적극 활용한다. 이때 통속이란, 알려진 그대로 '대중의 호기심을 자극해 인기를 끄는 저속한 세상사'를 뜻한다. 가령, 이런 이야기가 되겠다. 봉제공장 노동자로 일하면서 야간학교에 다니던 두 친구가 수십 년 뒤 사우나에서 '때밀이'와 '손님'인 관계로 우연히 조우한다. '때밀이'는 남편과 자식 모두 멀리 떨어져 보내고 돈을 벌기 위해 '몸 노동'에 나선 처지. '때밀이'는 비정상적으로 돈을 모았다는 뒷소문이 있는 '손님'이 친구인 줄 알면서도 곁을 주지 않자 미행을 감행해 그 성공의 이면을 캔다(「달그림자」). 또는, 어렵게 자란 여고 동창생 둘의 사연도 있다. 처녀 때부터 불륜을 맺어온 직장상사와 여전한 관계를 유지하고 있는 한 주부는 아파트 중도금을 벌기 위해 가족들과 헤어져 서울에 온 동창생에게 아파트를 무료 제공한다. 대신 상사와 자신의 월 1회 홍콩 출장에 동행하게 해 그 불륜여행의 알리바이를 확보한다(「거울 그림자」). 또는, 치명적인 교통사고를 당한 남편을 재활 요양병원으로 들여보내고 재산만 탐내는 여자 얘기도 있다. 여자는 남편이 시동생에게 빌려준 5,000만 원을 받아내려 하는데 시동생은 그 빚이 1,000만 원일 뿐이라고 주장한다. 시남매들과 함께 병원을 찾아가 남편을 다그쳐 5,000만 원을 찾게 된 여자는 다음 단계로 시골 선산 주변의 땅마저 차지하려 든다(「방문객들」).

돈을 좇는 일에 급급해 가족과 결별하고 수단 방법을 가리지 않고 돈을 쟁취하는 사연, 불륜에 더 나아가 패륜을 저질러서도 돈이면 다 좋다는 식으로 사는 사람 이야기…… 사실 이런 건 이미 잘 알려져서 그리 새로울 것도 없는 '통속'이라 할 수 있다. 친척 중 한 집쯤에서는 일어나는 일이기도 하고, 아니면 주변에 떠도는 소문이나 뉴스 가십, 주간지 기사 등으로도 귀에 썩 익은 것들이다. 지난 수십 년 동안 소문난 '막장드라마'들은 이런 스토리의 집합소가 되기도 했다. 그 반면, 우리의 전통 문학에서는 이런 사연을 간혹 모티브로 삼는 일 정도는 있다 해도 본격적으로 서사화하는 예는 흔하지 않았다. 오은주 소설은 그러나 당당하게도 이걸 표면에 내세우고 그 스토리를 구체화하는 데 주저하지 않는다. 위에 세 편만 예로 들었지만 이는 이 소설집에서 비교적 스토리라인이 약한 다른 소설에서도 어렵지 않게 확인할 수 있다.

20년 전 돈을 벌기 위해 중동으로 독일로 헤어져 살다 결국 이혼한 부부가 딸의 결혼식으로 재회하는 얘기. 딸과 함께 이탈리아 피렌체에서 다른 가정을 이루고 살아온 아내는 옛 남편에게 딸 결혼식에 아버지로서 참석해 달라는 연락을 하게 된다. 그동안 크게 이룬 바 없이 독신으로 환갑에 이른 남편은 비행기를 타고 피렌체로 가서 참담한 심정으로 딸의 결혼식에 나서고 있다(「오후 4시」). 또, 남편으로부터 '경제적 학대'를 당하다 결국 이혼해 식당 일 등으로 살아가고 있는 여자의 사연. 아버지를 일찍 여의고 어머니가 재혼해 외국으로 가면서 겨우 남긴 허름한 아파트 하나가 여자의 전 재산이다. 이 아파트의 재건축을 앞두게 된 여자는 자신과 엇비슷한 상황에서 이주를 앞둔 이웃들과 함께 '색소폰 연주의 밤'을 열어 그 떠남을 기리게 되었다(「마음의 방」). 이들은 돈이 없다는 이유에서 가족과 함께 희망적인 삶을 꿈꿀 수 없는 상태이거나 아예 가족과 결별하고 사는 처지다. 한때는 단란한 가정의 한 축이었으나 언젠가부터 돈을 벌고 모으는 일에서 소외돼 가족이라는 울타리를 지켜낼 능력을 잃어버렸다. 어쩌면 적령기를 넘긴 49세 미혼으로 나름대로 경제적 경제력을 확보하고 있는 상황이 좀 나은 경우라 할 수도 있다. 그러나 이 경우도 만만치 않다. 40세에 낳은 딸을 애지중지 키우며 세계적인 바이올리니스트가 되라고 뒷바라지를 다해온 엄마는 이제 치매가 오는 상태인데도 고졸 출신 은행원으로 아이까지 딸린 이혼남과 결혼하려는 딸과 대립한다(「잠든 정원으로부터」).

대중소설이나 막장드라마의 '통속'은 동시대의 세속적인 관심사를 인물의 극단적인 행동, 우연이 남발되는 관계 설정, 자극적인 상황 묘사에 담아 전함으로써 대중들의 호기심을 유발하고 대중들은 그로부터 카타르시스를 얻어냄으로써 상호만족에 이른다. 여기서 주목할 것은 '통속'이 현실에 드리워진 삶의 모순을 심각하게 드러내기도 한다는 점에서 '흥미 본위'라는 관점 외의 가치를 인정해야 한다는 요청에 대해서다. 이점, '통속'에 묘사된 현실의 여러 쟁점적인 문제들은 한낱 그것에 바쳐지는 흥미로운 소재가 될 뿐, 우리가 직면한 현실의 모순을 표상하거나 나아가 그런 모순이 실재한다는 사실을 인식하게 하는 도구로 활용되지는 못한다는 말로 답해두자. 단적으로 말해 '통속'에 바쳐진 현실은 현실을 망각하게 하는 현실이다. 그래서 '통속'은 '통속'일 뿐인 것이다. 이에 반해 오은주 소설이 적극적으로 수용한 '통속'은 다르다.

오은주 소설의 '통속'은 그것을 서사의 뼈대로 삼되 그 내용을 성찰하는 시선을 유지함으로써 우리 자신이 그런 '통속'의 현장에 있다는 사실을 자각하게 한다. 이는 '통속'을 동원하고도 '막장드라마'의 그것과 같은 '우연성'을 전혀 활용하지 않는다는 것으로도 짐작되는 바다. 오은주 소설의 '통속'은 '대중적으로 저속하게 읽히는 흥미로운 스토리'의 한 단면을 내세워 우리 사회의 저속성을 지적하면서 우리가 참으로 타락한 현실에 사는 존재임을 일깨우는 일종의 '방법적 통속'이라 할 수 있다.

2. 가족, 이미 허물어진 울타리

인류는 자본주의 체제를 유지하게 되면서 일찍이 얻지 못하던 물질적 풍요를 누리게 된 반면 생산활동과 그 소득 배분에서 이탈된 다수의 경제적 소외를 방임해 왔다. 이런 모순을 해결하려던 공산혁명도 무참히 실패했다. 이후 전지구적으로 연계된 글로벌화 과정에서 다국적 자본의 위력이 강화되는 반면 광범위한 지역과 계층에서 빈부의 격차가 심화되는 양상이 빚어진다. 여기에 자본의 불평등으로 생겨나는 상대적 빈곤감이 그 소외 상태를 극단으로 몰고 가는 중이다. 이에 따라 자본에서 소외되지 않으려는 인간의 노력이 전인류적으로 '필사적으로' 일어나고 있는 중이다.

자본의 욕구는 더이상 '더 많이 가지려는 자들의 끝없는 물욕'이라는 의미의 '더러운 욕망'이 아니다. 그것은 극단적 소외에서 자신의 생존을 지켜내는 마지막 남은 본능이며, '지금 이 자리'의 아비투스(habitus)를 보전하려는 강력한 자기방어기제이며, 닥쳐올 불행을 방비(防備)하는 필수적인 고액 보험상품이다. 그것은 한 인간의 전생애에 걸친 목표이자 수단이라 해도 무방할 것이다. 자본이라는 위대한 목표를 대신하는 언표는 이제 더는 없다. 도덕, 윤리, 사랑 등 흔히 인간만의 미덕으로 이해되어온 보이지 않는 실재로서의 덕목 따위는 이 지상목표를 치장하는 도구로 전락해 버렸다.

산업사회 이후 우리의 일상은 부부의 생산활동으로 집안의 생계가 유지되는 핵가족시대를 열어왔다. 기계혁명으로 개인의 생산성이 높아지면서 각 가정마다 물질적 편리를 경험할 수도 있었다. 그러나 자본주의 시스템으로 일원화된 세계에서 소비는 지속되고 강화되는 데 반해 생산량은 그에 이르지 못하게 됨으로써 수입과 지출의 관계가 역전되는 상황에 이르렀다. 우리는 이즈음 부부의 생산량이 가족의 소비를 감당할 수 없게 되는 현실에 봉착한다. 융자나 담보대출 따위로 이 위기를 견딜 수도 있지만 그건 시간의 연장일 뿐 내적으로 상황을 더 악화시키는 결과에 이어질 가능성이 크다. 실제로 이즈음 그 악화된 상황에서 일어나는 가정 파탄이 끊임없이 목도된다. 언론은 그런 비극적인 결말을 만연된 뉴스로 양산하고 있다. 국가도 사회도 돈 아니면 무너지는 세상을 살아가는 개인의 방패막이가 되지 못하고 있다. 이제 마지막 남아 있다고 여겨온 가정이라는 울타리마저 허물어진다. 이런 때 가족이 극단적인 비극을 막기 위해 취하는 가장 두드러진 자구책의 하나가 별거다.

현관문을 나설 때 바깥공기의 서늘함이 머리를 일깨우며 혼자라는 사실도 더불어 일깨웠다. 지금 이 시간 우리 가족들은 어떤 모습일까. 남편은 이미 깨어나 비닐하우스 안에서 일을 할 시간이다. 남편은 고향으로 내려가서 폐교된 초등학교 교실에서 숙식을 하면서 친구 몇 명과 같이 판로와 경제성이 아울러 불확실한 유기농 채소를 재배하는 중이다. 딸아이는 지금 무얼 하는지 도통 가늠이 되지 않았다. 딸아이가 있는 그 미국이란 나라의 시간은 아무리 시차를 대입해서 계산해 봐도 현재가 몇 시인지는 정확히 몰랐다. 언젠가 이 맘때 새벽 시간에 통화를 했는데 그쪽 시간으로 저녁이라고 했다. 낮과 밤처럼 시간대가 서로 멀고 다른 것처럼 사실 이젠 몇 년간 보지 못한 딸아이의 실체조차 가뭇했다. 나는 딸아이에게 그때 속으로 말했었다. "너는 늘 햇살이 비추는 쪽에서, 그 시간 속에 살아라. 여긴 너에게 언제나 밤 시간밖에 주지 못해."라고. ―「달그림자」에서

가족별거는 어쩌면 그리 대단한 것이 아닐 수 있다. 세상에는 살 수 있는 곳도 많고 할 수 있는 일도 많은 것이다. 남편은 '유

기농 농사'를 위해 시골에 가 있고 딸아이는 미국에 가서 공부하고 있다. 그들은 언제든 서로 통신할 수 있지만 오래 못 본 상태로 이제는 '실체조차 가뭇'한 상황 속에 있다. 별거가 일상이 된 가족도 있는 것이다. 동거 상태에서는 그 동거를 유지할 자본을 얻지 못한다는 사실을 알게 되면 별거는 그 가족으로서는 가장 합리적인 선택이 될 수도 있다.

> 그 24평 아파트의 분양금을 다 모을 때까지 나와 남편은 헤어져 돈을 벌기로 했다. 그러면서 그 시간이 얼마나 걸리는지 생각해보지 않았다. 그저 분양금을 다 모을 때까지라는 기한을 정해 놓았을 뿐이다. 지방의 공사 현장보다 좀 더 보수가 높고 서울이 여자에겐 더 기회가 많다는 이유를 들어서, 신혼이라면 신혼이랄 수도 있는 결혼 3년차의 우리는 쉽게 떨어져 살자는 결정을 내렸다. —「거울 그림자」에서

우리는 대체로 알뜰살뜰 돈을 모아 작은 아파트나마 내 집을 마련해 식구끼리 오손도손 살아보겠다는 '소박한 꿈'에 익숙해 있었다. 그 소박한 꿈이 그러나 이제는 점점 '이룰 수 힘든 꿈'이 된 현실에서 그들 가족이 택할 수 있는 방법은 많지 않다. 분양받은 '24평 아파트'라는 목표가 최소단위의 꿈인 이상 그 집을 진정 내 집으로 삼기 위한 노력밖에 다른 길은 없다. 계약금은 겨우 마련했으나 중도금도 있어야 하고 나아가 잔금도 치러

내야 내 집인 것! 아직 신혼인 결혼 3년의 살가운 가족관계는 '내 집 마련' 앞에서는 아무 의미가 없는 것! 결국 그들은 아이는 외가에 맡기고 '각자도생' 하기로 하고 떨어져 살게 된다.

남들보다 몇 년 빠르게 폐경이 온 게 서글프다기보다 차라리 잘된 것도 같았다. 억지로 얽어매고 있던 고리에서 풀려난 느낌이 들면서 이혼을 빨리 결정할 수 있었다. 남편에겐 혼자 여행을 하고 돌아와 짐정리를 하겠다고 말해두었다. 남편은 마지막 시혜를 베푼다는 듯 당분간 자신이 다른 곳에 살겠다고 말했다. —「마음의 방」에서

돈이 부족하다는 이유로 불화가 일어난 부부의 별거나 이혼 따위의 사연은 전혀 뉴스거리가 아니다. 결혼을 유지해서는 더 벌고 모을 수 없는 부부는 '억지로 얽어맨 고리' 에 묶여 있을 뿐인 것이다. 그들이 별거를 하고 나아가 이혼을 빨리 결정하는 이유는 이처럼 간단한 것이다. 이렇듯 우리는 이미 '떨어져 살기가 손쉽게 실천되는 가정' 이 대표적인 가족형태가 된 시대로 진입해 있다.

3. 가족 해체, 그 뿌리에서부터

'함께 살면서 행복한 미래를 꿈꾸는 가족' 에서 '떨어져 살아

도 돈은 있어야 행복한 삶이 되는 가족'으로 변모된 가치관! 그런데 실은 이 같은 변모가 글로벌시대 이후에 급진적으로 나타난 사회현상이라고만 할 수 없다는 사실을 우리는 잘 알고 있다. 오은주 소설은 이미 이렇듯 달라진 가족관계를 재현하고 있을 뿐 아니라 이런 현실이 배태된 과정을 아울러 성찰함으로써 '문제제기적 문학'으로서의 가치를 실현한다.

유경은 중학교 때까지 다른 집에 세를 들어 살 형편조차 되지 않아 빌딩 지하 창고를 방으로 꾸며 살았다. 아니 그냥 방이라고 생각하며 살았다. 유경의 어머니가 그 빌딩의 청소를 해주는 조건으로 지하의 창고를 방으로 삼아 기거했다. 그 다음 유경이 고등학교 때 살던 곳이 연립주택의 지하방이었다. 나는 유경이 이사를 온 그 연립주택의 반지하에 이미 살고 있었는데 회색의 철제문이 마주 보여 그 반지하는 더욱 어두웠다.

그 방들에서는 어둠이 하루 종일 밀려나지 않았다. 비가 한 번 내리고 나면 핏줄 구석구석마다 곰팡이가 피어오르는 것 같았다. 유경은 지구상에서 동식물을 통털어 가장 저주스러운 게 곰팡이라고 말하곤 했다. 창밖으로는 지상을 지나가는 사람들의 발목만 보였다. 비가 그치고 나면 유경과 나는 목욕탕으로 가서 미친 듯이 머리를 감아댔다. 아침에 학교에 갈 때면 내 몸 어딘가에서 곰팡이가 뿌리를 내리고 살고 있을까봐 지상으로 올라서는 즉시 온몸을 털곤 했

다. —「거울 그림자」에서

급진적인 산업화로써 누대에 걸친 고질적인 가난을 극복하려 애쓴 시절이 우리에게 있었다. 그 시절 일찍 자본을 축적해 '회색 철제문 집'에 살게 된 사람도 있었고, 자기 식구들이 건사할 정도의 돈을 모아 '연립주택에 사는 사람'도 있었지만, 그들이 가지게 된 자본에서 소외돼 그들이 빌려주는 셋방에조차 살지 못하는 가족도 있었다. 빌딩 청소를 해주는 조건으로 '빌딩 지하 창고'를 방으로 꾸며 살게 된 식구들이 그 다음 장만한 집이 '연립주택 반지하방'이었다. 하지만, 안타깝게도 '그 방의 주인은 그들이 아니라 그 방에 먼저 서식하고 있던 곰팡이'! 이는 상황의 극적 효과를 위한 비유가 아니라 현실 그 자체의 재현이다. 급진적인 산업화 시대였지만 그들 살림의 급진적인 진전은 없었다. 그러기는커녕 '내 몸 어딘가'에까지 배어들었을 것 같은 '저주스런 곰팡이'의 영역을 벗어나지 못하고 있었다.

연숙이는 갓난 딸애의 무구한 얼굴을 들여다보며 납득할 수 없는 조건들로 신분이 규정되고 일생을 지배할 것 같은 우리나라를 떠나서 살자고 했다. 나는 건설회사 토목건설부에 막 입사한 처지였고 그 당시 중동 근무 2년 정도는 앞으로의 회사생활을 위한 필수 코스였다. 회사는 그무렵 사우디아라비아 주베일 항만공사를 대대적으로 성공시킨 뒤라 수주능력과 시공능력을 세계적으로 입증받고 사세가 한창 높아가는 상태였다. 뒤이어 따낸 이라크 사아라 지역의 대규모 주택건설 프로젝트는 그때까지 진행중인 사업이라 나는 바로 투입되어야 할 신입사원이었다. 연숙이는 오히려 잘 되었다며 내가 이라크에 가 있는 그 2년 동안 자신은 갓난 딸애를 데리고 간호사로 비교적 취업이 쉬운 독일로 갈 거라고 말했다. 준비 없이 나온 말이 아닌 게 내가 이라크 현장으로 떠난 뒤 2주 후에 연숙이도 독일로 간다는 것이었다. 간호사로 일하면서 알게 된 지인들이 이미 독일로 많이 가 있는 상태라 어린 아기를 키우면서도 일을 할 수 있다고도 말했다. ―「오후 4시」에서

그 시절에는 돈을 빨리 많이 벌 수 있는 직업이 각광을 받았고, 그 직업으로 능력을 발휘할 수 있는 일터는 그 어디든 삶의 터전이 되어야 했다. 그들은 기술자가 되어 중동으로, 간호사가 되어 독일로 떠났다. 그 담보가 되는 가족의 별거는 2주일 만에 간단히 진행되었다. 그리고 그 별거는 되돌려지지 않은 영원한 이별로 완성되었다. 별거나 이혼의 아픔 따위는 돈이 주는 성취감 앞에 이처럼 쉽게 망각되는 시대였다.

아직까지도 자신이 내 삶을 제어할 수 있다고 믿는 엄마의 저 막강한 믿음은 도대체 어디에 뿌리를 두었기에 저리도 질긴가. 유전자

를 이어준 사람은 언제나 무소불위의 권력을 휘두를 권리가 있다는 말인가. 엄마는 내가 대학을 졸업하던 25살에 모든 것이 멈춰져 있는 상태인가? 그해에 아버지가 돌아가셨는데 아버지는 의류 장사로 큰돈을 벌어 부동산이 많았다. 엄마는 아버지의 그 부동산 위에서 건물주니 사모님이니 하는 호칭을 들으며 편히 살았으면서도 아버지를 평생 무시했다. 그래서 여자는 무조건 자신보다 조건이 좋은 남자를 남편으로 둬야 한다는 생각이 강했다. —「잠든 정원으로부터」에서

돈을 좇아 삶을 바쳐온 그런 사람이 돈을 쟁취하는 과정을 우리는 모르고 있지 않다. 의류장사를 해서 큰돈을 벌고 그것으로 부동산을 장만해 가족들이 편안하게 잘 살게 되었다는 '해피엔딩 드라마' 또한 그 시절의 흔한 '통속'이었다. 이 시기, 그렇게 쟁취한 자본의 위력으로 권위를 사고 명분을 사는 한편 그 생산의 주축이 되는 이들을 무시하는 일로써 자신의 상승된 신분을 확인하는 '사모님 캐릭터'가 현장감을 얻기도 했다. 이는 21세기 들어 인기 검색어로 오르내리게 된 '밍크코트 사모님', 상속녀, 된장녀 등의 원조격이라 할 수 있다.

오빠는 교통사고 당하고 살아나 1년 동안 요양소에서 재활치료를 받고 있다. 올케는 유학간 딸을 돌본다는 이유로 미국으로 가 있어

서 오빠를 살펴보지 않았고 내가 대신해서 살폈다. 사고 전 동생 기훈이 오빠 돈을 빌린 것이 있었다. 그 금액을 올케는 5천만이라 했고, 기훈은 천만 원이라 했다. 그것을 가릴 겸 면회를 간다. 나는 고교 영어 선생. '간병지옥'은 싫다. 오빠의 판단에 따라 5천만 원이라 밝혀진다. 올케는 그걸 기훈에게서 받아내려는 데 그치지 않고 '시골 선산 근처'에 '3남매 명의'로 있는 땅에 대해서도 권리를 행사하려 든다. —「방문객들」에서

산업화 시대를 거치며 자본의 획득이 삶의 가장 중심적인 방책임을 깨달은 이들의 생애가 가닿은 곳은 어디일까. 그곳은 자본의 획득 없이는 가닿을 수 없는 곳이며, 또한 자본의 획득이라는 뚜렷한 목표 없이는 설정되지 못하는 곳이다. 그래서 그곳은 '생애의 가치 있는 경유지나 종착지'가 아니라 그것을 얻는 도구 그 자체인 곳, 즉 '돈'이라는 '장소'가 된다. 우리는 삶이 목표가 아니라 돈 자체가 목표가 되어 버린 세상에 살고 있다. 아내는 교통사고를 당하고 요양병원에서 재활치료를 받고 있는 남편을 돌볼 생각이 없다. 아내가 남편의 여동생에게 "아가씨, 나는요, 스스로를 고통 속에 처박아 두고 싶진 않아요. 인내요? 나 같은 경우, 그건 아니죠. 기약도 희망도 없는 일에 매달리는 건 자기 인생에 대한 직무유기고, 의무태만이고 방관일 뿐이죠."라고 한 말에서 보듯, 사고당한 남편의 현실은 아내의 삶을 고통스

럽게 하는 요인이 될 뿐이다. 남편을 간병하고 지내는 일을 '간병지옥'이라 했다! 이런 논리에서는 그 아내가 남편이 시동생에게 빌려준 돈 5,000만 원을 철저히 챙길 뿐 아니라 남편 남매의 '시골 선산 근처 땅'에 대한 권리까지 획득하려 드는 것도 지극히 당연한 일이다. '생산성을 잃은 남편'은 '아내에게 무의미한 존재'일 뿐이라는 아내의 생각은 '가족은 오직 경제성으로만 의미가 있다'는 이 시대 가족관을 그대로 반영한다.

4. 사수해야 할 무엇, 그것은?

오은주 소설은 별거나 이혼을 하고, 불륜상태를 유지하거나, 배우자와 재산을 공유하지 않거나 하는 등의 가족관계를 서사의 중심에 두었다. 이들 가족은 해체되거나 아니면 동거상태는 유지하되 이미 내적 결별 상태에 있다. 이렇게 된 것은 아파트 분양권을 얻기 위해서이고, 자녀의 유학자금을 마련하기 위해서이며, 가족이나 자신의 원활한 소비생활을 위해서이다. 「거울 그림자」에서 유경이 불륜을 유지하는 것도 유경 친구인 '나'가 그 불륜의 알리바이가 되어주는 것도 모두 자신이 필요로 하는 자본을 얻기 위해서다. 「방문객들」에서 올케가 오빠를 간병하는 일에 관심이 없고 남긴 재산에만 관심을 두는 것도 유학간 딸을 뒷바라지하면서 자신이 소비할 수 있는 생활 자금을 얻기 위해서다. 「마음의 방」에서 남편이 '나'를 몰아내다시피 하고 '나' 역시 쉽게 이혼을 결정한 것도, 「달그림자」에서 '나'가 '때밀이'로 나선 것도, 「오후 4시」에서 '나'가 중동으로 아내가 독일로 떠났다가 결국 합치지 않고 결별한 것도 모두 그렇다. 직접적인 원인은 조금씩 다를지 몰라도 그들로서는 '돈이 목표가 되어버린 생애'로부터 피해갈 명분도 능력도 없게 된 것이다.

이 소설집에는 6편의 단편소설과 9편의 스마트소설이 수록돼 있다. 흥미롭게도 이 중 단편소설들이 대개 위와 같이 '해체된 가족 상황'을 앞세우고 있다면, 스마트소설의 다수는 부부생활을 중심으로 다루고 있으면서도 '해체'라는 극단을 보여주는 데까지 나아가지는 않는다. 이점은 인생의 단면을 세심하게 파고드는 단편소설과는 달리 그 단면의 형상이나 흔적만을 그리는 데 그쳐야 하는 스마트소설로서의 장르적 한계 때문일 수도 있겠다. 오은주의 단편소설이 '가족 해체'를 그리고 있다면 스마트소설은 그 이전의 징후만을 그리고 있다고 할까. 아니면 이를 '가족 해체'와 '그 해체의 위험을 막으려는 자정(自淨) 상태'로 비교하면 어떨까 싶기도 하다.

"너네 남편이 배달음식이라면 질색하는데 뭐하러 그래? 간단한 거라도 직접 만들어 줘야지."

"그렇지? 최후의 보루는 사수해야겠지?"

두 사람은 동시에 씁쓸하게 웃었다. 혜경은 단골대사를 또 읊었다.

"그래도 우리가 여태껏 집 밖에 나가서 돈도 안 벌면서 큰소리치면서 버티는 게 식구들 밥 해주고 얼굴도 못 본 남편네 조상 제사 지내주는 일 덕분인데 것두 안하면 양심불량이지. 너네 남편이 너보고 돈 벌어오라 소리 안하고 실제 돈 벌어본 적도 없잖아."

미정도 지지 않았다.

"너도 내 딸 민지랑 똑같은 말을 한다. 엄마는 돈 만 원도 벌어보지 못했는데 강남 아파트에 어떻게 살아? 이러더라니까. 이제 지가 회사에서 신입사원으로 월급 쬐끔 받으며 갖은 일 다하려니 똥줄 타는 거지." —「그녀들의 석양 미팅」에서

우리는 이즈음 남편과 자식을 뒷바라지하는 일로 청장년기를 보낸 주부들의 일상이 어떠한지 잘 알고 있다. 그들의 일상에는 남편이 직장에서 일하고 자식들이 학교에서 공부하거나 사회에서 말단 직원으로 일하는 동안 만나서 함께 식사를 하고 차를 마시면서 대화를 나누다가 식구들이 돌아오는 때에 맞춰 집으로 돌아가는 낮 시간이 어느덧 자리해 있다. 일부 그들의 한가한 소비를 비난하는 가장들이 있지만, 그들의 낮 시간이 어쩌면 수십 년의 일상을 가족을 위한 노동으로 바쳐온 자신에 대한 보상이

자 자신의 진정한 삶에 대한 모색일 수 있다는 점을 간과해서는 안 되겠다. 또는 그들에게 경력단절을 당연시해온 사회구조에 대한 성찰을 요청할 수도 있겠다. 또한 사회문화적으로 보면 그들의 낮 시간은 건강한 소비활동이 되어 결국 그 사회의 경제가 원활하게 돌아가는 데 기여하게 된다고 할 수 있다.

어떻든 스마트소설 속의 그들은 오은주의 단편소설에서처럼 가족 해체의 주인공으로 이어가지 않는다. 여전한 가부장제 사회에서 그들은 생산의 주역인 남편과 가정의 주역인 가족 전체를 위해 낮 시간의 자유 이외의 일탈은 하지 않는다. 남편의 생산활동이 가족의 소비를 감당해주는 만큼 그들은 남편의 그 변함없는 생산활동을 유지시키는 '최후의 보루'는 지킬 수 있어야 한다.

자신들의 남편은 아까 수없이 얘기에 올린 연예인이나 재벌들하고는 다르게 돈도 별로 없고, 식물적이고 퇴행된 남자들이란 사실에, 그래서 두 번째 부인을 둘 처지가 못 된다는 사실에 미적지근한 안도감을 느꼈다. 집으로 돌아가 그 미적지근한 손길조차 이제는 더 원하지도 않는 마음을 슬퍼하며 밤을 맞이하게 된다. 오늘의 석양미팅도 좋았다. 혜정은 미정에게, 미정은 혜정에게 서로가 좋은 존재임에 틀림이 없었다. 쌍생아처럼 합리화의 거울을 가질 수 있어서 고맙기도 했다.

그녀들, 미정과 혜정은 석양을 지고 자리에서 일어서서 같은 단지에 있는 각자의 아파트로 돌아간다. 등 뒤에 드리워진 노을은 미련처럼 짙어가지만 그녀들의 발길을 저녁의 거리로 불러내지는 않는다. 그녀들에겐 사수해야 할 무엇이 있다. —「그녀들의 석양 미팅」에서

그들의 가장은 무수한 '통속'에 등장하는 연예인이나 재벌들과는 달리 돈도 별로 없고 이미 식물적으로 퇴행해 버린 남성에 불과하다. 하지만 그 상태인 덕에 불륜상대를 찾을 수도 없으며 무엇보다 아직은 가정을 유지할 만큼의 돈벌이를 하고 있다. 다른 무엇을 꿈꿀 수도 없는 그들로서는 그렇게 가정이 유지되고 있다는 사실 하나를 그대로 지키는 것만이 중요한 것이다. 그래서 그들은 날마다 그것을 사수하는 자리로 돌아간다. '그녀들에겐 사수해야 할 무엇이' 있었던 것이다!

하지만, 우리 삶이 가정경제에만 매달려 있는 거라면 참으로 삭막한 것 아닐까. 정말 돈 아니면 무너지는 가족이라면 그 가족의 의미를 되새김질이라도 해봐도 할 것 아닌가. 오은주 소설이 '통속'을 불러온 이유는 우리가 그 '통속'에 빠져든 존재가 되었음을 자각하는 데 있었지만 실은 거기에 머무는 정도라면 기운이 빠진다. 우리가, 우리 가족이 정말 그 정도에 불과하다는 상태가 되었다는 자각은 필요할 테지만, 그 자각으로부터 새로운

동력을 가지지 못하면 그건 정말 인간으로서 자존심이 상하는 일이 아닐 수 없다. 다행스럽게도 오은주 소설은 여기에 '아름답게' 답해주고 있다. 그동안 '돈 버는 가족'에 정이 너무 들어 있었으니, 이제 그런 가족에서부터 떠나는 것만이 진정한 가족이 된다고.

> 주인들이 떠난 정원은 이제 곧 폐원이 되겠지. 어린 내가 여름이면 바이올린을 켜고 돌면서 이 선율을 듣고 꽃들아 나무들아 잘 자라렴, 잘 자라렴, 하고 깡총거리던 그 정원이여 안녕. 엄마가 잠들고 나면 정원도 잠들겠지. 그러다가 누군가 새로운 주인이 나타나서 물과 햇살과 정성으로 가꾼다면 다시 잠에서 깨어날 수 있으리라. 수국과 장미의 정원에서 나는 떠난다. 나의 탯줄이 묻힌 그 오래된 정원에서 나는 이제 떠난다. —「정든 정원으로부터」에서

우리는 이제 '정든 정원'을 떠나야만 한다. 그렇지 않으면 우리에게 가족이 함께 가꾸는 진정한 정원은 영원히 가질 수 없다. 우리가 사수해야 할 것은 바로 거기에 있다.

잠든 정원으로부터

1쇄 발행일 | 2019년 05월 10일

지은이 | 오은주
펴낸이 | 정화숙
펴낸곳 | 개미

출판등록 | 제313-2001-61호 1992. 2. 18
주소 | (04175) 서울시 마포구 마포대로 12, B-108호(마포동, 한신빌딩)
전화 | (02)704-2546
팩스 | (02)714-2365
E-mail | lily12140@hanmail.net

ISBN 979-11-965679-8-9 03810

값 15,000원